書下ろし

斬り捨て御免

隠密同心・結城龍三郎

工藤堅太郎

祥伝社文庫

目次

【登場人物紹介】

結城龍三郎（隠密廻り同心・神道無念流免許皆伝）
韋駄天の伊之助（元掏摸・廻り髪結い・情報屋）
お藤（元辰巳芸者・料理茶屋藤よしの女将）
文治（料理茶屋藤よしの板前）

榊原主計頭忠之（北町奉行）
妙（榊原忠之の娘）
作蔵（奉行所の中間）
磯貝三郎兵衛（北町奉行所・吟味方筆頭与力）
轟大介（北町奉行所・同心）
櫛田文五郎（火盗改方・同心）
樽平（居酒屋の亭主）

濡れ髪のお吟　（賭場の壺振り）
おセイ　（桜湯の湯女）
お秋　（吉原菊乃家の女郎）

木鼠吉五郎　（盗人の親分）
猿の三次　（軽業師・木鼠吉五郎の手下）

鴉　権兵衛　（押し込み強盗団首領）
土蜘蛛の源造　（鴉権兵衛の子分）

鬼火の勘右衛門　（吉原遊郭元締め）

黒田壱岐守宏忠　（元・長崎奉行）
白神陣十郎　（黒田宏忠の用心棒）
長崎屋徳兵衛　（廻船問屋）

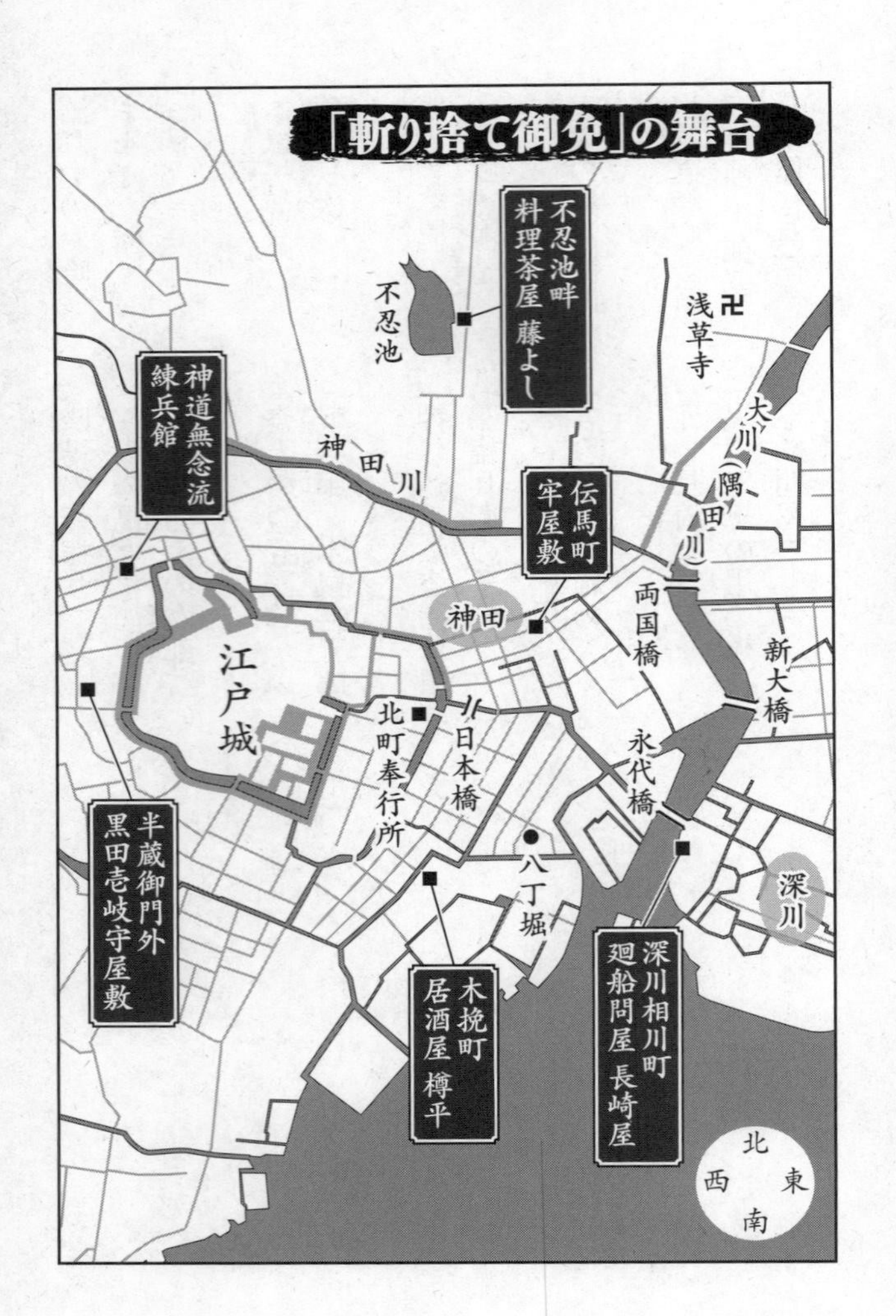
「斬り捨て御免」の舞台
不忍池畔 料理茶屋 藤よし
不忍池
浅草寺
神道無念流 練兵館
神田川
大川（隅田川）
伝馬町 牢屋敷
神田
両国橋
江戸城
新大橋
北町奉行所
日本橋
永代橋
八丁堀
深川
半蔵御門外 黒田壱岐守屋敷
木挽町 居酒屋 樽平
深川相川町 廻船問屋 長崎屋
北
西
東
南

第一章　八丁堀隠密廻り同心

一

首筋にヒリッと殺気を感じた。

（尾けられている……）

チリチリと危険なこの背後からの殺気は、何処から？　誰が？　……動物的勘だ。

江戸麴町、左右に広大な武家屋敷の白土塀が続いている。右は直参旗本駒井山城守四郎右衛門邸三千五百石、左に設楽神三郎二千八百石の屋敷の土塀が連なっている。

十一代将軍家斉の時代――。

結城龍三郎、二十七歳、五尺八寸（約一七五センチ）、十七貫五百（約六五キロ）、当時にしては大兵漢である。月代を狭く剃り上げた銀杏髷、髭の剃り跡も青々と冴え、濃い眉、高い鼻梁、涼し気な目元、しかし、何処かに孤独感を漂わせる眼差し、しかし今は鋭い視線が背後の殺気を探っている――。旗本小十人組三百石、結城兵庫之輔の三男坊だ。

三年前までは、飲む、打つ、買うの三拍子揃った、自堕落な生き方、享楽的な暮らしぶりだったが、今は、北町奉行榊原主計頭忠之直属の隠密廻り同心として雇われ、三十俵二人扶持の禄を食んでいる。

この日、剣友の火盗改方同心櫛田文五郎を訪ね、気の置けない一献を傾け、まだ冷たい弥生（三月）の夜風に吹かれ、ほろ酔いで櫛田家から拝借した提灯をぶら提げ、武家屋敷の並ぶ小路を歩いていた。町奉行所同心の定番の黄八丈と黒紋付の巻き羽織ではなく、薄紫の縮緬の着流しを裾を引き摺るくらいに丈長にぞろりと着て、素足に雪駄履き――絵に描いたような粋な伊達男ぶりだ。

今、龍三郎がチリチリッと危険な気配を背後に感じ取ったのは、まだ戌の刻（午後八時）を回ったばかりの刻限だ。――武家小路はひっそりと静まり返っている。

石灯籠だけが、おぼろな光芒（こうぼう）を辻の辺りに滲（にじ）ませているのみ――。

身幅の狭い裾を蹴るように着流し姿で石畳を歩く龍三郎の速度、歩幅に合わせて尾けて来る誰か――？

（こいつは尾行に慣れている、よし、正体を突き止めてやろう……）

と故意に酔った足取りを見せ、しゃっくりの振りをして躰（からだ）を揺すって立ち止まった。一歩遅れて、石畳を擦（こす）る草履（ぞうり）の足音が止まる。

龍三郎は蒼暗（あおぐら）い空を見上げた。東の空に上弦の月が黄色く輝いて、おぼろに雲間に見え隠れしている。雲の流れは速かった。

腰には父兵庫之輔から贈られた名刀胴田貫（どうたぬき）〈肥後一文字（ひごいちもんじ）〉二尺四寸（約七二センチ）の大刀、一尺八寸（約五四センチ）の長脇差を帯び、武士としての構えに怠（おこた）りはない。

龍三郎の腰に手挟む胴田貫の名刀〈肥後一文字〉は鎌倉時代、肥後隈本（くまもと）稗方（ひかた）村胴田貫に京都山城（やましろ）の国粟田口（あわたぐち）から名刀工来國俊（らいくにとし）を招き、鉄を打ち鍛刀したものだ。

戦国時代には鎧甲冑（よろいかっちゅう）拵（ごしら）えの武将の兜（かぶと）を断ち割ったという逸話を残す豪刀なのである。

刀身は反りが浅く、身幅が広く、重ねが厚い。鞘は鮫皮を巻いたその上に黒漆をかけ、鐺は鉄環で巻いて、見るからに豪刀と云える。

今や刀は武士の装飾刀と化した感があるこの時代にあって、龍三郎の佩刀はすべての装飾を排し、質実剛健を旨とした実戦刀であった。

〈常在戦場〉こそが、龍三郎の武士としての矜持なのだ。

通常、与力は二刀差し、同心は一刀差しでも許されるのだが、龍三郎は己の矜持がそれを許さずいつも着流しに大小二刀を落とし差しに手挟んでいる。

龍三郎は提灯を左手に、右手は懐手だ。

利き手の右腕はいつも空けている。元来、龍三郎は左利きであったが、父兵庫之輔の厳しい躾により、強制的に箸を持つ手、筆持つ手、刀持つ手は右使いに矯正された。武士はこうあらねばならぬ、とそれはきつい教えであった。

今、背後からの殺気に、こちらはその気配には気付かず、泰然と逆に隙だらけの態をさらして、故意に足取りを乱してよろけてみせた。正体を知りたかったのだ。狙われる覚えがない。確かに、隠密廻り同心という役目を秘かに仰せつかり、これまでも悪党共の遺恨を買う事が無かったとは言わぬ。

(しかし……)

手掛かりを探る思いは、遠く彼方をめぐり、気は此処にはなかった。

突如——背後の空気が揺れた。

刹那、体が自然に反応して左に躱し、擦過する黒い影に向かって提灯を投げつけた。

月明かりにぎらっと匕首が煌めき、右脇腹を掠めて通り過ぎたのと同時に、龍三郎の鯉口切った胴田貫が袈裟懸けに鞘走った。

素早い。町人だった。切り裂いた着物の背中がパックリ割れ、腹に巻いた晒しが見えた。

（やくざ者か？）

その男、たたらを踏むも軀をくねらせ、龍三郎の必殺の一撃を布切れ一枚で躱し、空中で一回転して、ストンとこちらに向き直った。

「旦那、聞きしに勝る凄腕ですね。お見それしやした」

囁くような声音は平然として乱れは無い。

地面の上で燃えて揺れる提灯の明かりが、男の酷薄そうな細い目を浮かび上がらせた。

「貴様、何の遺恨があって、俺の命を狙う？」

龍三郎は空を切った大刀を右手に、静かに訊ねた。響きのある低く太い声だ。

「またお目に掛かりやす。ご用心なすって」

龍三郎に目を据えたまま、一歩、二歩後退りながら、匕首を懐の鞘に納めると、裾を捲り上げ駆け去った。五尺に満たない小男だった。しかし、その動きに無駄は無く、素早い。

龍三郎は、ゆっくりと納刀しながら、頭をめぐらした。見た事のない顔だった。襲われる覚えもない、最近誰かに恨みを買うようなことをしたという思いもない。

既にほろ酔い気分は消えていた。

二

三年前、春まだ浅き、いささか冷たい風の吹く中、申の上刻（午後四時）頃、着流しの裾をはためかせて、鍛冶橋御門外の掘割沿いを歩いていた。

長兄哲之進が結城家の家督を継ぎ、次兄敬次郎は最近、書院番頭五百石、林喜左衛門の娘お由紀と養子縁組相整い、結城家を出て林の家督を継ぐ。

二人の兄からは、部屋住みの冷や飯喰らいの風来坊、と揶揄され、肩身の狭い三男坊、龍三郎であった――。

（ツケで呑ませてくれる店は、〈樽平〉ぐらいだな、まぁ行ってみるか）と、日本橋木挽町の居酒屋を目指して懐手でのんびりと歩いていたその時。

――突如背後で、乱れる足音、緊迫した喚き声を聞いた。

振り返れば、一丁（約一〇八メートル）ほど先、立派な権門駕籠と二人の伴侍と鋏箱を担いだ老年の中間を囲んで、浪人三人と無頼漢らしいのが合わせて五人、土煙を蹴立てて、白刃を振りかざし、襲撃の真っ最中だった。

陽は空を茜色に染め、威容を誇る千代田城の陰にその姿を隠そうとしていた。西日を背負って白刃が煌めき、白い乾いた土埃を巻き上げて入り乱れる人影は、美しいとさえ言ってよかった。

その下で繰り広げられる殺戮の気配――。

龍三郎は刀の鯉口を切り、裾を蹴散らして駆けだした。躊躇も逡巡も、ましてや恐怖心など微塵もなかった、只、救わねばの一念のみ。

伴侍二人は、襲撃者たちにいとも簡単に斬り斃され、駕籠を担ぐ小者は逃げたか、あるいは凶事を知らせに走ったか、一人残った老中間が、鋏箱を放りだし、

後ろ帯に差した木刀を抜いて、敵わぬまでも主人を守ろうと、

「殿様ぁ、お逃げくださいッ。お早くッ、殿様ぁ〜」

と、忠義心溢れる必死の抵抗を見せている。

駕籠の戸を開けて降り立った中背太り肉の、齢五十を超えたか、裃袴姿で威儀を正した立派な武士が、駕籠を背に刀を抜いて正眼に構えた。

〈殺られるッ〉と視た龍三郎が走りながら、一瞬後には抜刀し、背後からその殺戮の輪の真っ只中に飛び込む。気合の声もなく、右袈裟、左袈裟斬りで二人を斃した。

ギョッと振り向いた残った三人が、おのれッ、野郎ッ、と斬り込んでくるのを、愛刀の胴田貫〈肥後一文字〉は、己に意思がある如く、それこそ水を得た魚のように躍り、撥ね、右に左に斬り、薙ぎ、突いた。

飛鳥の如くに剣を振るって龍三郎が駆け抜けた後には、血飛沫を撒き散らして斬り飛ばされた襲撃者の首が、腕が、脚が散乱していた。

毎早朝の一人稽古の鍛錬の成果か、躰は勝手自在に動き、腕と刀は一体となり、無意識に刀刃は、骨を断ち、肉を裂いたのだ。……龍三郎は慄然とした。

これほど容易に人を斬れるものなのか……人を殺められるものなのか……と。

龍三郎にとって人の命を奪ったのは、この日が初めてであった。

今、手に握る血塗れのこの日本刀の切れ味、凄みに、目が眩み肌は粟立ち、呆然と立ち竦んだ。

己の仕出かした惨劇の後を見回して直ぐに、胃の腑の奥から吐き気が込み上げ、それを抑えることが出来ず、掘割の柳の木の幹によろめくように手を掛け、膝付いて嘔吐した。両手はわなわなと震えている。止めようにも止められない。

しゃがみ込み肩を波打たせる、龍三郎の背に声が掛かった。

「危ないところをそなたに助けられた。礼を申す。わしは、北町奉行榊原忠之じゃ。そなたの名を聞かせてくれぬか」

後ろ姿のまま、懐紙で口を拭い、血刀を拭き納刀して、片膝ついて向き直った。

「御見苦しきところをお見せ致しました。それがし、人を斬ったのは今が初めてで御座います。思わず取り乱し、醜態をお見せ致しました。申し遅れましたが、それがしは旗本小十人組三百石、結城兵庫之輔が三男結城龍三郎と申す者、番町三丁目に住まい致しております」

「うむ。覚えておこう。しかしそなたは、凄まじい剣法を遣うのぅ。ほとほと感服致した。そなたの助けが無くば、今頃はわしの命もこの世にあるまい。どうじゃ、後日、北町奉行所を訪ってはくれまいか。おう、こ奴は中間の作蔵と申す者、これを迎えに参らせよう」

年老いた先ほどの勇敢な中間が、龍三郎の前に跪いて、その白髪混じりの皺深い顔で低頭した。主人の身を守るため己の命も顧みず、木刀一本で立ち向かおうとの忠誠心は健気でいじらしく、真の忠臣を見た思いだった。

（中間の作蔵か）龍三郎は心中に深く思い留めた。

――後日、判明した事実によれば、以前白洲にて、忠之が獄門磔の裁きを下した盗賊団の残党が遺恨を持って、夕刻の下城帰りを待ち伏せ狙ったらしい。偶然、その襲撃の場に通り合わせた龍三郎が飛び込み、奉行の命を救ったというわけだ。

二人の伴侍も斬られ、あわや、危機一髪、奉行の命も風前の灯という状況を見て、龍三郎は、何処の誰かも知らず、わが身の危険も一顧だにせず、刀を振るってその修羅場に飛び込み、凶賊たち五人を斬り斃した。

その腕を見込まれて、北町奉行直属の隠密廻り同心として召し抱えられたのだ。

世襲制の与力・同心の役目を、奉行忠之が幕閣との談合を図り、熱意を籠めて、奉行所に召し抱えたい、傍に居れば北町の大した戦力になる事間違いなしとの太鼓判を押した、忠之たっての推挙により、これが幕閣に認可され隠密廻り同心として迎えられたといういきさつだった。

この噂は、与力二十五騎、同心百二十名が勤める北町奉行所内を駆け巡り、お奉行の命を救った新規お召し抱えの隠密同心はどいつだ、と興味津々の態で眺められた。

皆の龍三郎を見るその眼には、ある種の嫉妬と羨望の想いが籠められていた。

同心の禄高は一律、三十俵二人扶持、八丁堀与力同心組屋敷に百坪の拝領地と三十坪の家屋を戴くのだ。只、龍三郎が同輩と違うのは、月十両の特別手当を頂戴すること。――十両という金子は、長屋の町人一家四人が一年間食べていける額だ。

この十両は、奉行の懐から直々に出ているらしいのだが、龍三郎は仔細は知らぬ。尚それに加えて、〈斬り捨て御免〉のお墨付きを頂戴したのだ。

通常同心の奉行所でのお勤めは辰の刻（午前八時）から申の刻（午後四時）までなのだが、龍三郎は、毎日の出仕に及ばずとの気楽な役職を仰せ付かり、ほかの同心たちに比して破格の待遇で召し抱えられた。驚嘆すべき剣術の腕前と、何事も恐れない豪胆な精神が見込まれてのお召し抱えである。

初代斎藤弥九郎が九段下の俎橋付近に開設した〈練兵館〉、今は麹町三番町に在る。

結城龍三郎は、江戸三大道場と謳われ、一、二を競う練兵館、神道無念流免許皆伝の腕前である。今や、師を上回るとさえ噂されるその比類なき剣術の腕は、誰も追随出来ぬ境地に達し、塾頭として門弟の代稽古も看てやっていた。

三

北町奉行、榊原主計頭忠之から、隠密廻り同心の役目を仰せつかり、毎月の手当として戴く十両の金も、飲む、打つ、買う、の放蕩を重ねては残り少なくなるのも当然。紙入れの中身を思い出し、頭の中で算盤を弾いてみる。

ここは一つ、博打で持ち金を増やさねばなるまいと、今夜あたりご開帳の大名屋敷の中間部屋か寺を思い浮かべてみる。近くに日本橋蛎殻町、酒井出羽守十四万石の下屋敷が思い当たった。五日と十五日に常盆の場が立っているのは此処だけだ。

（よし、一か八か、賽の目次第……運試しといくか）

と、蛎殻町に足を向ける。

当時賭博の刑罰は、胴元で八丈島へ遠島の重罪であった。だが、大名家は町奉行所の管轄外で取り締まりは出来ない。大目付管轄なのだ。同じように、寺の本堂でのご開帳は寺社奉行の管轄であった。

無頼の隠密廻り同心龍三郎は気にする気配もなく平然と御禁制の賭場に出入りしていた。酒井邸を目指しながらも、背後に備えての警戒は怠りない。既にその気配はなかったが――。

酒井家下屋敷の表門の横の通用口に立ち、ゆっくりと二度、小刻みに三度、握った拳で潜り戸を叩く。これが合図だ。待つ間もなく、キイーと戸が軋み、用心深く五寸ほど開かれた扉から片目が覗き、こちらの様子を窺う。

「おう、喜八、暫くだな。俺だ」

「あぁ結城の旦那ですかい、やってますぜ、どうぞ」

忍び声のあと潜り戸が開かれ、貧相な小男が辞儀をして迎え入れた。龍三郎は頭を下げて潜り戸の敷居をまたぎ、酒井出羽守邸の前庭に足を踏み入れた。豪壮な手入れの行き届いた前庭の右横に足軽門番が住む中間部屋が在り、そこが博打場となっている。

腰高障子を開けて入ると、もう一人の文吉という四十過ぎの中間が土間に跪き、

「お腰のものをお預かり致します」

と両手を差し出した。

どこの盆でも、これはしきたりになっている。賭場では客が熱くなって刃傷沙汰になる揉め事が起こり易いので、いずれの賭場でも例外なく刀剣は玄関で預かる決まりになっているのだ。上がり框の板壁に刀架が拵えてある。

うむ、と頷き、大小二刀を帯から抜いて手渡し、障子を開け鉄火場へ足を踏み入れた。途端に充満した煙草の煙が流れ出し、百目蠟燭のジジリ燃える音と、盆茣蓙を囲んだ十五人ほどの客の熱気が、ムッと押し寄せてきた。

十畳間を二部屋ぶち抜き、白布でしっかり包み込んだ畳を縦に二枚半並べて、その周囲を血走った眼の客が駒札を握り締めて、壺振りを睨み付けている。

壺を振るのは、濡れ髪のお吟と呼ばれる妖艶な女賭博師だ。今まさに、片膝を立て、餅のように白いむっちりした太腿を緋色の湯文字の割れ目からわざとらし

く覗かせ、澄んだ声で、

「ようござんすか、壺、入ります」

と左手の人差し指と薬指の間に挟んだ二個のサイコロを、右手に持つ竹皮で硬く編んだ壺に、カランと乾いた音を立てて放り込み、膝前の盆布に伏せた。

大店(おおだな)の主人、出入りの職人、無宿者らしいのが生唾を飲み込んで、お吟の色香に翻弄(ほんろう)されながら、握り締めた駒札をパチッと音をさせて、丁だ！　半だ！　と賭けている。駒札は丁は縦に、半は横に置く。

龍三郎が、御免よ、と客の隙間に割り込み胡坐(あぐら)を掻いてお吟の前に座り込んだ。

お吟が、旦那、いらっしゃい、との思いを籠めた流し目を送って頷き、すぐにキリッと壺に目線を戻した。

「丁半、駒揃いました。勝負ッ！」

壺振りお吟の横に座る半裸に晒しを巻いた中盆(なかぼん)の声に、お吟が壺を上げる。

「五二(ぐに)の半！」

と中盆の声。

盆茣蓙の周囲で喜びと落胆の溜息のどよめきが交錯して、鉄火場は益々熱くなっていく。中間の文吉が、一両分十六枚の駒札をまとめて、龍三郎の前に重ねて置き、どうぞごゆっくり、と身を引いた。

龍三郎はいつも一度に一朱以上、二枚ずつの駒札を賭けるのだ。

見回すと、常連の材木卸問屋信濃屋長兵衛の上気して脂ぎった顔、海産物問屋相模屋作左衛門、見慣れぬヤクザ者、この酒井家出入りの大工の棟梁たちが駒札を握り締め、目をギラつかせて壺振りお吟のサイコロに集中している。博打場特有の殺気だった雰囲気がみなぎっている。

龍三郎にしてみれば、こういう遊び場に出入りしていれば、陰の隠密廻り同心の役目にも、何か役に立つ情報も転がっているだろうとの気軽な気持からの賭場通いだ。榊原忠之北町奉行の密命を帯びて、榊原個人から俸禄を受ける同心の身分の龍三郎としては、その勤めにも得る処があろうとの思惑での賭場通い――お手当に適うだけの働きが出来ているかどうかは、自分では分からぬ。解雇もされず勤め続けていられるのだから、これで良しと本人は思っている。

「盆中手止まり。勝負！」

押し殺した声が響いた。皆、息を止めて、お吟の手元を見詰める――。

一刻（二時間）ばかり、勝ったり負けたり――。

右手奥に一人気になる奴が居た。滅多に顔を出さぬ奉行所の同心部屋で見た手配の人相書き……左頬の刀傷……。確か、土蜘蛛の源造とかいった今江戸市中を騒がす凶賊鴉権兵衛一味の一人だ。暗い目付きが気色悪く、冷酷な雰囲気を醸し出している。

月に一度の割合で豪商に押し込み、一党十五、六人が、娘や若い女中を手籠めにし、家族全員と、番頭、手代、丁稚ら使用人全員を惨殺して、千両箱をかっ浚っていくその残虐非道の押し込み強盗ぶりは江戸中を震撼させていた。

犯行の後には必ず、床の間の柱に小柄で刺し止められた紙片に、枯れ枝に止まる黒く禍々しい鳥の絵と、『娘の遺恨覚えたか』という言葉が、達筆な武士の手で書き残されていた。

跡継ぎの息子を持つ豪商の親たちは、押し込まれた大店の息子に対する残虐な惨い仕打ちを聞いて、身震いした。目を背けたくなるほどの非情さだった。

何故かは分からぬ。大店の若旦那によほどの恨みを抱いているのだろうか？

凶行のときは全員覆面黒装束で、面体、年恰好など誰一人見た者はいなかったのだが、たまたま先月、浅草下谷の両替商三島屋が襲われたときに、運よく厠に起きた女中が、賊の侵入を先に見つけて押し入れに逃げ込み、布団を被り一人だけ生き残っていた。その押し入れの隙間から覗いた目撃談によって、克明な人相書きが描けたといういきさつがある。

それも若い女中の心を慮れば同情に値する聞き取りだったらしい。

同僚の女中を陵辱する盗賊が、顔を覆った黒手拭いを外して凶行に及び、その惨状を両手で口を塞ぎ、声を殺して泣きながら覗き見ており、その顔と特徴を目に焼き付けたという。

左頬の刀傷、後ろ首の耳下の大きな黒子——目撃した女中には忘れられないだろう土蜘蛛の源造の目印だ。

「おい土蜘蛛のッ、源造ッ、早ぇとこ済まさねえか!」

と仲間たちに冷やかされ嘲笑されて立ち上がり、その犯した女中に匕首で留めを刺したその顔が、女中の脳裏に刻み付けられた。

今、その同心部屋の壁に貼られた人相書きの男、頭に叩き込んだ土蜘蛛の源造が面白くなさそうに立ち上がって帰る気配を見せた。

龍三郎もまた(今夜はツイテねえや)と腰を上げ、澱んだ空気の賭場をあとに廊下へ足を踏み出した。

その前にお吟が立ち塞がり、

「旦那ァ、今日は勝負の神様に見放されたようだねェ」

と艶かしく擦り寄ってきた。

「こんな日もあるさ、又な」

去ろうとする龍三郎の袖を握り、耳元でお吟が囁いた。

「旦那ァ、一杯付き合っておくれな」

「済まねえ、今日はこれからチョイと野暮用があってな」

「う〜ん、憎いねェ、野暮用なんてもんじゃない、粋なレコが待ってるんじゃないのかい?」

と小指を立てて見せ、腕をつねった。

「イテテテ、おいおい妬くなよ。じゃ、今度又な」

大小を受け取り帯刀し雪駄を履きながら目を遣ると、源造が丁度通用門の潜りを抜けて表へ出て行くところだった。

龍三郎も表へ出ると、源造は早や一丁ほど先をヒタヒタと歩いている。その速さといったら、宙を飛ぶような——。龍三郎はすぐに諦めた。

もしや鴉一味の隠れ家か、源造の住いでも突き止められれば、と尾行を考えたのだがとても追いつけぬ。

龍三郎の手先の情報屋、韋駄天の伊之助でもいれば、と思わぬでもなかったが、無いものねだりとはこの事、とすっぱり諦めた。

(まだ呑み足らぬ、さて、何処で一杯飲るか)

思案して思い付いたのが、日本橋木挽町の居酒屋樽平だ。

亭主の樽平の人のいい気風に惚れて贔屓にして通っているのだ。三年前までの部屋住みの脛っかじりの頃は、出世払いでよござんすよ旦那、と快くツケで呑ませてくれた嬉しい居酒屋だった。今や、樽平の飲み代など屁でもない。溜まったツケはきれいに倍返ししてやった。

ただこの樽平、最初の頃は酒をちょっと水で薄めて客に出すのが気に入らなかったのだが……さすがに口の肥えた龍三郎に今はそんな事はしない。

当時江戸には千八百八軒の居酒屋が在ったという。庶民、特に独り者にとって憩いの場だったのだろう。

日本橋蛎殻町から木挽町までは、龍三郎の足ならばほんの四半刻(三〇分)、隣町みたいなものだ。

樽平の赤提灯がぶら下がる暖簾を潜ると、小女のおはるの元気な声が
「あら～、結城の旦那～、いらっしゃいましィ」

と迎えてくれた。調理場から亭主・樽平の、眉毛が八の字に下がった人の良さそうな狸顔がくちゃっと覗いた。

「旦那、今日はうめぇ肴がありますぜ」

待つ間もなく、吊るし切りされた鮟鱇と味噌田楽、里芋の煮っ転がしが呑み台の上に素早く並べられた。酒は、摂津伊丹で醸造され、酒荷専用の樽廻船によって江戸に運ばれた下り酒の諸白で、人肌の燗酒で呑むと格別の味わいになる。酒は百薬の長とは、よく言ったものだ。終いは、鮟鱇汁で仕上げた。

もう店仕舞いの時間なので、おはるが並んで床机に腰掛け、旦那ァ、これ美味しいんですよォ、と甲斐甲斐しく小皿に肴を取り分けてくれる。

樽平も片袖を縛った手拭いをはずして、これまた床机に並んで座って料理自慢だ。

酒は旨く、肴も美味く、腹もくちくなった。良い心持ちになり、二朱銀を呑み台に放り、釣りはいいぜ、と立ち上がる。

毎度ォ、の声を背で聞いて春の夜風に頰を撫でられながら、八丁堀組屋敷に辿り着いた時には、もう九つ（午前零時）になろうとしていた。

拝領の百坪ほどの敷地に、三十坪の家で独り住まい、炊事洗濯、掃除は通いのお里の世話になり、気楽なものだった。寝間には既に布団が敷かれ、布団の中は冷たかったが、龍三郎はその晩、夢も見ずに熟睡した。

四

早朝、鶏の時を告げる鳴き声で眼が覚める。前夜どんな深酒で酔い痴れていてもそれは変わりがない。

双肌脱ぎで生垣で囲まれた裏庭に出て、本赤樫の手に馴染んだ木刀で千回の素振り、加えて、土中に埋め込んだ高さ八尺の樫や椎、栗などの硬い立ち木に向かっての打ち込み千回を日課としている。

棒っ杭十本ほどを仮想の敵と見做し、斬り掛かる剣を想像し、駆け回って立ち木を打ち、足捌きと間合い、手の内の締まり、腰の据わり、迅速な進退等を、いつ何時でも即座に躰が反応出来るよう一刻ばかり鍛錬を続けている。

その後は、真剣を抜いての素振りだ。

木刀のそれとは違う。木刀は空気を叩く感じだが、真剣は空気を切り裂く感じだ。遠心力で刃先が二、三寸伸び、ピュッと刃筋、刃風が鋭く鳴る。刃の迅さに馴れておく事が肝要なのだ。刀刃の迅さが生死を分ける。

　立ち居合い、抜き打ちの稽古も怠りない。右足を前に腰を落として両足を踏ん張り、左手で鞘を握って、鍔を親指で押して鯉口を切り、掴んだ鞘を外側に捻り、右手で鍔元を握り一瞬で水平に抜くのだ。上に抜いては己の腕や袖で視界が遮られる。そこを敵に付け込まれて斬られてしまう。

　必ず水平に素早く抜くのが鉄則。逆に納刀はゆっくりと行なう。

　龍三郎は抜刀した後、無造作に剣先を下に、地摺り下段に構える。神道無念流門外不出の秘剣〈龍飛剣〉を必殺剣としている。斬り込んできた相手の刀を下から擦り上げ、上段からの袈裟斬り、真向唐竹割りで斬り捨てるのだ。

　練兵館に顔を出すと、今や師を上回る太刀捌きと目される塾頭として、代稽古で門弟たちとの手合わせに時を取られ、我が為にはならぬ。防具を着けての竹刀打ちなどでは、打たれても痛みを感じず、門人たちは平然と間合いに入り、互いに打ち打たれて『一本取った、取られた』と一喜一憂している。

　真剣での立ち合いならば、己の生死が懸かっている。そう容易く間合いに入って刃の下に身を晒すなど適わぬ事。ひとたび刀を抜いたならば、死の覚悟が出来ているかどうかが生死の分かれ目だ。

『武士道と云ふは死ぬ事と見つけたり』肥前国佐賀鍋島藩士山本常朝が『葉隠れ』に書き記した、武士としての金科玉条。いつ如何なるときでも死ぬ覚悟が出来ているや否や――。

相手を斬らねば己が斬られる。斬られぬ為に龍三郎は一人己に課した過酷な鍛錬を毎朝続けている。

――無駄な贅肉が一切削ぎ落とされ、その肉体は彫刻で彫りこまれたような筋肉が被い、動きは鋭くしなやかだ。手首から肘までの腕の太さは鍛え込んだ膂力がひと目で見て取れる。

しとどの汗に濡れ、井戸端で躰を拭いていると、お里が、声を掛けた。

組屋敷内の朋輩の同心が建てた長屋に間借りしている大工定八の女房で、通いの女中を頼んでいた。

「旦那様、朝餉のお支度が出来ました。それから昨日、お奉行所からお呼び出しのお使いがありましたよォ」

「済まねえ、分かった。直ぐ行くぜ」

口調は八丁堀同心独特の伝法なべらんめえ言葉だ。格式張った武家言葉『左様然らば』『忝い』『されば貴殿に』なんてのは性に合わない。ざっくばらんが好きなのだ。

寝所の他に二間ある十畳の方の居室には、すでに盆の上に一汁三菜と白米の飯椀が用意されていた。龍三郎の身分ではかなり贅沢な朝食である。鯵の干物、野菜の煮付け、ひじきに漬物、蜆の味噌汁――。充分であった。

元々、この八丁堀同心組屋敷、慶長十七年（一六一二）頃、江戸城への物資搬入の舟入場として、又、防衛上の観点から掘削された堀割りが名の起こりである。堀の長さが八丁あった事から名付けられた八丁堀。一丁は六〇間。八丁で約八七四メートルの長さがある。南北両奉行所の与力・同心たちにその北岸の土地が下賜され、住まうようになったのだ。

十一万坪の敷地に南北両奉行所の与力・同心の屋敷が、二百五十軒も建ち並んでいる。

俸禄のみでは生計は楽ではなかった。同輩たちは皆拝領した百坪ほどの敷地内に長屋を建て町人たちに賃貸しし、その家賃収入を少しでも生活費の足しとしていた。しかし、余禄もあった。出入りの町屋や諸大名家からの盆暮れの付け届けが俸禄を超える収入となっている同心も多い。定町廻り同心は私的に岡っ引きと呼ばれる手先を雇って決められた地区を担当し、巡回・治安維持にあたって、見回りの町衆(まちしゅう)とは顔馴染みでお互い気心が知れている。

結城龍三郎は奉行直属で特命事項や隠密の探索、聞き込みなどを行なう隠密廻り同心——その上、剣の腕が認められて奉行直々から『斬り捨て御免状』を頂戴している身。毎日の出仕に及ばず、無頼(ぶらい)というか、放蕩(ほうとう)というか、自由闊達(かったつ)、気(き)侭(まま)な生き方をしている。


——元々、埋立地に在った八丁堀組屋敷の門前は、雨が降るとすぐ泥のぬかるみとなり、歩くと泥土を撥ね上げ、上等の正絹羽二重(しょうけんはぶたえ)の黒紋付羽織が汚れてしまう。軽輩薄給の同心たちは、羽織が汚れないように角帯に巻き込んで短くして着るようになった。節約意識から始めたこの着方、同心独特の巻き羽織は江戸の町衆から粋な着方と評判を呼んだ。それが定着して、月代を剃った小銀杏髷と共にひと目で同心と分かるので、親しみを込めて〈八丁堀の旦那〉と呼ばれて人気があった。

騎馬を許された与力は同心に対して俸禄も二百石と豊かなので、巻き羽織にはせず、膝上までの長さで黒紋付を着ていた。

与力の特権として、毎朝湯屋の女風呂に入ることが出来た。これは八丁堀の湯屋は特に混雑していたことに加え、当時の女人には朝風呂の習慣がなかったため、女湯はいつも空いており、男湯で交わされる噂話や密談を盗み聴きするのに都合良かったからである。そのため女湯なのに刀架が備えられていた。

　龍三郎にはその与力と同じ特権が与えられていた。朝餉を済ますと久し振りにお奉行拝謁ということで身だしなみを調えねばと、袴までは穿かなかったが、紋付羽織に結城紬の着流し姿で、まずは近所の湯屋〈桜湯〉へ飛び込んだ。身体を温め石榴口を潜り、洗い場へ出て来るとすぐに、桶に手拭いを掛けたおセイという湯女が襷掛けの着物を膝上まで端折り、近付いて囁いた。

「結城の旦那ァ、お背中を流しましょうねェ」

　と後ろにしゃがみ込んだ。

「惚れ惚れするようないい身体だねえ、一度抱かれてみたいよォ」

　と龍三郎の背中に頰を摺り寄せてくる。

湯女は、男客の身体や髪を洗い、着替えを手伝うほかに、床を共にして、吉原遊郭もおびやかすほどの人気を集めていた。

「あぁ、すまねえがおセイ、今日は急ぐんだ。それに朝稽古の後、皮が剝けるほど擦ってきたばかりなんだ、次にしてくれねえか」

「うう〜ん、ケチだねえ、チョッとくらいいいじゃないかァ」

「済まねえ、今度々々ッ」

ほうほうの態でおセイを振り切り、脱衣所から二階への階段を駆け上がる。ここには広い土間があり、武士、町人の区別なく、風呂上りのさっぱりした気分で茶菓子を嗜み、将棋・囲碁の盤を囲んだり、社交の場となっている。浮世風呂、浮世床と謂われる所以だ。

いつも強い風が吹き、埃っぽい江戸に住む湯屋好きの江戸っ子の中には、一日に、朝と仕事終わりと晩と、日に三度も通う風呂好きも多かった。

ここには龍三郎配下の韋駄天の伊之助が廻り髪結いに身をやつし、与力、同心、町の旦那衆の髪を結い、髭をあたっている。そしてこの溜まり場で交わされる噂話に耳を傾け情報を得ている。

この日も二階へ上がるとすぐ、岡持ちを提げた伊之助が近付いてきた。

「旦那、いらっしゃいやし」

「おう伊之、今日は丁寧に当たってくんな、お奉行に会わなきゃならねえんだ」

「へえ、承知致しやした。あっしゃ旦那にはいつも丁寧ですぜ。お任せなすって」

岡持ちの蓋を上げると髪結い、髭剃りの道具の鋏・剃刀・糸・鬢付け油等が一式きれいに並んでいる。伊之助がこの岡持ちの棚の奥に鎧通しを隠し持っている事を龍三郎は知っている。刃の幅が狭く手元部分は厚く、先が薄い刃長が七寸ほどの短刀だ。

この伊之助、元々は腕のいい巾着っ切りだった。

——三年前、龍三郎が北町奉行榊原忠之から、隠密廻り同心として、斬り捨て御免状を拝命してすぐの頃だった。

浅草広小路の雑踏を両懐手で春風駘蕩の風情でのんびりと歩いているところを突然前方から男が一人ぶつかって擦れ違った。龍三郎が懐から抜いた右手でその男の右手首を逆に摑んで関節をキメて引き寄せた。

「アイテテテッ、何しやがるッ」

と顔をしかめて振り向いたその顔は、蟹の甲羅のように扁平で、両目の間隔が離れている。どちらかと言えば愛嬌のある顔だ。

「何もしてねえよ。何かしたのはオメエだろ？　おい、これはオメエの物だってえのかい？」

確かにそいつは蟹のはさみの様に人差し指と中指の間に龍三郎の分厚い紙入れを挟んでいた。動かぬ証拠だ。

返事の代わりに、間髪を入れず、その男の左手に握られた鎧通しの短刀が蛇の鎌首のように閃いた。が、龍三郎の手刀がパシッと手首を打ち、鎧通しは地に落ちた。

男はその蟹のような顔を寄せて神妙に囁いた。

「おみそれ致しやした。煮るなと焼くなと、どうとでもしておくんなせえ」

「切るなと突くなとじゃぁねえのかい？　煮て焼くのか？　蟹面のオメエらしくていいや。潔いじゃねえか、チョイとこっちへ来な」

とさりげなく鎧通しを拾い上げ、紙入れも取り上げて、浅草寺裏の人通りの少ない石垣の前で突っ放してやった。その巾着っ切りは手首を揉みながら、

「いいんですかい？　手を離して。あっしは韋駄天と渾名される早足ですぜ」

「面白ぇ、逃げてみな。俺の投げる小柄とどっちが早ぇかな？」

龍三郎は腰の胴田貫の鞘に仕込んだ小柄を撫ぜながら呟いた。

「それにな、俺の今日のこの紙入れには十両入っていた。お役手当を頂いたばか

りなんだ。十両盗んだら死罪ということを、オメエ知ってたか？」

優しい諭すような口調に、その男は両手首を差し出してあっさりと云った。

「参りやした、お役人さんですかい？　そうは見えなかったもんで……」

「お奉行から斬り捨て御免の鑑札も頂戴している隠密廻り同心だ。どうだ、その辺でチョイと一杯やらねぇか」

心底のワルではないと見抜いた龍三郎は、ニッコリ笑って誘ってみた。

「へえ、お供させて頂きやす」

――あれから三年、龍三郎の男気にすっかり惚れ込んだ伊之助は髪結いの特技を生かして武家屋敷、豪商の邸宅、賭場、居酒屋、湯屋などに廻り髪結いとして出入りし、貴重な情報を耳にし、手に入れ、文字通り龍三郎の耳目となって懸け替えのない働きをしてくれている。だから龍三郎は、目明しや下っ引きの配下を雇わなくても済んでいる。

「どうだ伊之、ここんトコロ、何かネタは転がってねえか？」

「……ここんトコ町衆の間で、面白ぇ怪談噺と云いやすか、へんてこりんな噂話が飛び交ってやすんで……何でも、あの番町の武家屋敷辺りで、真っ昼間から、若ぇ女の声で『おくれ～、おくれよぉ～』と泣き声みてぇな悲しそうな声が聞こえて来るそうなんで、ゾォ～と総毛だって、夜中聞いたら気を失っちまうぐれぇに薄っ気味悪(わり)ィらしいですぜ。町中じゃ『おくれお化け』って有名でさぁ。亡霊が出るってねぇ」

「ふ～ん、おくれお化けなぁ。逢(あ)ってみてぇなオイラ」

「旦那も物好きでやすねぇ。ああ、嫌だ嫌だ、思うだけで鳥肌が立っちまいやすぜ」

「伊之、オメエ一遍(いっぺん)あの辺りを、髪結いの御用は御座(ござ)んせんかぁ、って回ってみな」

「へえ、あんまり気乗りはしやせんが、まぁ旦那のお言い付けなら……」

「ほかにはねえか？　面白ぇ話……」

伊之助は眉を寄せて深刻そうに腕組みして考え込んだ。

「面白かぁありやせんぜ。深川の岡場所で阿片(あへん)に狂った女が阿片欲しさに、売り捌いていた情夫(いろ)を殺しちまって、銭と阿片を奪って姿をくらましちまったとか。そのあと女は誰かにぶった斬られて大川(おおかわ)に浮いていた、と。嫌な話ばっかりですぜ」

「なるほど、阿片なぁ……ほかには？」

「へえ、どこもかしこも鴉一味の噂で持ち切りでさぁ。大商人(おおあきんど)なんざ震え上がってますぜ、いつウチが狙われるかってね」

「そうだろうなぁ。おぅ、そうだ伊之、その一味の土蜘蛛の源造って野郎をゆんべ、酒井出羽守の中間部屋の賭場で見掛けてな。オメエも人相書きで見たことがあるだろう、名前(なめぇ)の通りすばしこい野郎でなぁ、俺の足では追い付けなかった。オメエなら大丈夫だろう、気にしといてくんな」

「へえ、承知致しやした。土蜘蛛の源造ね……へぇ出来上がりやしたぜ、見て御覧なせぇ。水も滴(したた)るいい男ってな旦那の事ですねぇ。無理もねえ、女が放っとかねえや」

「何を云ってやがる。世辞を云うない、くすぐってえや。小遣いは足りてるのか、これを取っとけ。いいんだよ、邪魔にゃあなるめえ」

　と遠慮するのを無理矢理、掌の中に一両小判を握らせて、桜湯を出た。

　伊之助には決まりの給金は与えていない。一緒にこの八丁堀組屋敷に住もうじゃねえか、と誘っているのだが、いえ、あっしは一人の方が……と深川八幡(ふかがわはちまん)近くの裏店(うらだな)に住んでいるらしいのだ。女と一緒かとも勘ぐったが、どうでも良かった。

八丁堀組屋敷からお堀沿いに約五丁北へ、呉服橋御門を渡ると八重洲北茅場町で、榊原主計頭忠之三千石、七千坪の敷地の中に北町奉行の豪壮な役宅が在る。本宅の裏側に御書院番や吟味方など家臣三十人ほどがそれぞれ役宅を構え、その並びに仮牢、吟味場、お白洲、拷問蔵などが並んでいる。表門を入ると、六尺幅の敷石が玄関まで続き、その両脇の前庭には黒玉砂利が敷き詰められている。

中間の作蔵が式台に手を突き、

「お待ち申しておりました。案内致します」

と小腰を屈めて先に立つ。

お腰のものを……などとは云わぬ。龍三郎は、勝手知ったる我が家同然、大刀を右手に提げ、奥の間へずんずん歩く。警戒せねばならぬ時は刀は左手に持つ。すぐさま鯉口を切り、抜き打ちが出来るように。

広大な庭には、今を盛りと桃の花が咲き、馥郁たる芳香を放っていた。鶯の鳴き声は春の到来を告げていた。麗らかな春はもうそこだ。

五

作蔵が奥の間の障子の前に手を付き中へ声を掛けた。

「殿様、結城龍三郎様がお見えで御座います」

返事がない。もう一度、殿様、と呼び掛け、障子を開けた。居ない。

「お入りになって暫くお待ちくださいませ」

と言い残して廊下の奥へ歩み去った。龍三郎は胡坐を搔いて、炭火の熾きた火鉢を抱え込んだ。生来、寒がりなのだ。

待つほどのこともなく、廊下をどんどんと踏む大きな足音がして、当主、榊原主計頭忠之五十八歳が姿を現わした。恰幅の良い姿、柔和な顔付きは人を惹きつける。鬢には白いものが混ざり、時の老中首座水野忠成に任命され、奉行職を引き受けた貫禄は辺りを払う風格を放っていた。

「おう龍三、御用繁多でな、奥で調べ物をしておった、待たせたな。どうだ、息災であったか？」

ゆったりと座布団に座り、脇息に肘を乗せて鷹揚に訊ねた。

いる。
三年前に龍三郎に命を救われて以来、息子のように目を掛け可愛がってくれて

龍三郎も又、敬愛する父兵庫之輔を亡くして、父同然に慕っていた。

奉行職は世襲制ではなく、老中に『来年も頼む』というような阿吽の依頼で、この榊原忠之は文政二年から天保七年まで、足掛け十八年も北町奉行職を全うした。任期中、迅速かつそつのない裁決を行ない、江戸庶民からも人気があった。在任中に義賊と謳われた鼠小僧次郎吉や、相馬大作、木鼠吉五郎など、世間を騒がせた人々の関心を集める裁きも数多く担当した。

北と南の奉行所が交互に月番交代で、半の目（奇数）月は北町、丁の目（偶数）月は南町が、江戸の町の治安、訴訟等を担当していた。

龍三郎は座布団をはずし、火鉢の前の胡坐から正座に座り直した。

「御前、お久し振りで御座います。顔も出さず申し訳御座いません」

と辞儀をした。

剣道の理に適った礼だ。顔の下に付いた両手は親指と人差し指が付き、三角形の空間を作っている。もし背後から襲われ、両脇後ろから後頭部と首を床や畳に押し付けられた際に、鼻を潰され、窒息させられぬ為の防御策だった。瞬間に自

分の手の甲を張り、三角の空間に空気を確保し、鼻と口を押し付けられても防御の体勢を取れるよう常時備えている。

　正座も両足の裏を乗せて重ねはしない。両足裏を真っ直ぐ平らに後ろに伸ばし、尻はその間に下ろす。咄嗟(とっさ)の襲撃にも左右どちらの足でも爪先(つまさき)立って自在に片膝立ちで脇に置いた刀の鯉口を切って抜刀出来るという訳だ。心を許す人物との対座ならば、大刀は右側に鍔を右膝前に、刃が外側を向くように置く。もしもの場合は両手を床に付いて刀を飛び越えるか、右側に一回転して、左手で鞘を握り抜刀するのだ。これは癖になって身に付いている。

　武芸者としての心得〈常在戦場〉——龍三郎の座右の銘である。

「相も変わりませず、酒と博打の自堕落な暮らしで御座います」

　何も隠し事の無い自由闊達な、あれ以来の二人の会話であった。

「したが、練兵館には顔を出してはいないのか？　先日同心の轟大介(とどろきだいすけ)が嘆いていたぞ。この頃は結城殿が代稽古をしてくれぬので腕が鈍(なま)って仕方が無いとな」

　神道無念流、斎藤弥九郎道場〈練兵館〉は八丁堀からも近い麹町三番町に在った。

　数年後には長州(ちょうしゅう)の桂小五郎(かつらこごろう)をはじめ高杉晋作(たかすぎしんさく)、品川弥二郎(しながわやじろう)ら維新の傑物(けつぶつ)を輩出する。

南八丁堀大富町の蜊河岸にある鏡新明智流・桃井春蔵の〈士学館〉からは土佐の武市半平太や人斬りと呼ばれた岡田以蔵が育った。

神田お玉が池には始祖・千葉周作の北辰一刀流〈玄武館〉が在った。木刀ではなく、防具を着けて竹刀で打ち合う稽古なので町人にも人気があり三千人もの門弟を集め、多くの勤王志士を輩出した。坂本龍馬や新撰組の山南敬助、藤堂平助らいずれは勤王佐幕に袂を分かって争う若者達が、同じ門下生として剣技を磨いていたのだ。

「道場での代稽古はつまりませぬ。手加減せねばなりませんので。私一人で行なう素振り千回、立ち木打ち千回の方が身に付きます」

「う～む。暫くそちの顔を見ぬと寂しくてな。ほれ、もう一人、寂しがっている者が現われたわ」

廊下に衣擦れの音がして襖が開き、敷居際に跪いた見目麗しい娘がいた。

茶と菓子を載せた盆を龍三郎の前に押し、三つ指付いて挨拶した。

「龍三郎様、いらっしゃいませ。お久しゅう御座います」

嬉しげな気持を隠そうともしない。龍三郎を見上げる表情は輝いている。

「妙殿、無沙汰致しております。ご壮健そうで……庭に咲く桃の花のようにお綺麗ですなァ。その鈴の音のようなお声も、春を告げる鶯の鳴き声に勝るとも劣らぬ……」

「まぁ、お上手な」

ポッとうなじと頰が染まり、袂で顔を隠す仕草は初々しかった。

「ハッハッハッハ、龍三、お前も歯の浮くような云い難いことを平気で口にする男だな。町の遊女と一緒にするな。わしの娘だぞ」

「いえ、御前、まこともまこと、嘘偽りは御座いません。遊女らにはまことの事は申しません。いわば狐と狸の化かし合いですからなぁ」

「ハッハッハッハ、うん、その率直さがその方らしいのだがな。どうだ龍三、この妙をそちの嫁にせぬか。十八歳になった」

「まぁ、父上、いきなり何を仰います」

妙は恥じ入って身を揉んだ。

「その方もいつまでも結城家の三男坊に甘えて放蕩三昧もあるまい。わしも元は直参旗本織田信昆の三男坊だったが、榊原忠尭の養子に入って、今の北町奉行の要職をご老中から仰せつかるまでになったのだ。その方も、もうそろそろ身を固めても良い年頃であろう？　幾つになった？」

「はっ、二十七歳になります」

「うむ、一家を構えても可笑しくない年頃だな。隠密廻りとしての働きにも充分満足しておる。おぅ、そうだ、お前の初手柄で三年前捕縛した木鼠吉五郎な、今、拷問蔵で吟味方与力、磯貝三郎兵衛が訊問しておる。二十二回目の牢問だ。しぶとい奴でのぅ、幾ら責めても白状せぬ。そちも覗いてみるか」

「はっ、お邪魔にならなければ……本日の御呼び出しはその事で」

「うむ。当初はそちもまだ斬り捨て御免に躊躇して居ったからのぅ。初手柄で斬り捨てずに捕縛致したがために、最早三年の月日が経とうというのに今もこの体たらくだ。よし、参ろう」

二人が立ち上がり廊下へ出るその後姿に、妙が声を掛けた。

「龍三郎様、お帰りの節は作蔵に云い付けてお知らせ下さいませ」

振り返って龍三郎は頭を下げて云った。

「忝い。お心遣い何時も感謝致しております」

もう分かっていた。四季折々に上等の着物を新調して贈ってくれているのだ。洒落者で通っていられるのも妙のお陰だった。

先に歩く忠之が振り返りもせずに云った。

「龍三、その方に与えた十手はどうした？」

「御前、申し訳御座いません。拝領した朱房の十手、家の神棚の三方に大切に載せて、埃をかぶっております。私は今や、悪党は捕まえるより斬り捨てる方が性に合っております。御前から斬り捨て御免の認可状を頂き、こんな心強いことは御座いません。折角捕縛しても、本日の吉五郎のように手間取り、手こずる始末となっては入牢させても仕方が御座いませぬ」

江戸時代の裁判は物証や証言がいくらあっても、科人自身の自白が無い限り、罪状・処罰が確定しない。そのため証拠が揃っていながら犯行を認めない吉五郎を自白させる為、もう足掛け三年、今日で二十二回目の拷問が行なわれているという。

役宅から十間ばかりの渡り廊下を歩いて拷問蔵の前に来ると、中から苦痛の呻き声と怒声が漏れてくる。表に立つ小者が畏まって重い扉を引くと、目の前に、〈仏の磯さん〉の異名を取る筆頭与力磯貝三郎兵衛の、汗にまみれて上気した顔があった。

薄暗い拷問蔵の中に、柔らかい春の日差しが明り取り窓から射し込むも、それとは似つかわしくない殺伐とした空気が漂っている。

　磯貝三郎兵衛は突然の奉行榊原忠之の登場に驚き、手に持つささら状に割れた竹の箒尻を背に隠し、片膝付いて礼をした。付き従う同心二人もこれに倣った。

「これは、お奉行！」

「磯貝、どうじゃ、まだ吐かぬか」

　その声音と表情には先刻までの柔和な雰囲気は微塵も見られず、冷厳な奉行職に徹した榊原忠之の姿があった。

「はっ、しぶとい奴で、なかなか！」

「ふ～む。北町の筆頭与力の名を恣にしておるその方でも手こずっておるか。既に捕縛以来足掛け三年も経つのだぞ。仏心を起こすな、罪人じゃぞ、磯貝」

「御前、何としても御奉行のご期待に応えるべく、手を尽くしておりまする。もう暫くの御猶予を……」

「うむ。その方の手腕なれば、間もなく落着をみるであろう。信頼しておるぞ。なれど、今日で二十二度目の牢問か……この結城が捕縛したばかりにのう。おい結城。斬り捨てておけば、このような手間は掛からなかったのじゃ」

龍三郎も片膝付いて応えた。

「御前、磯貝殿の太刀捌きならば、それがしなどがでしゃばる事など……」

磯貝がその異名のように、頬をほころばせて柔和な表情を見せて云った。

「いやいや、結城をお召し抱えになるまでは、拙者が北町一の剣の遣い手と評判をとったが、おぬしが現われては、もはや二番手に引き下がらざるを得ぬよ」

「いやいやご謙遜を……磯貝殿にそれがしの尻拭いのような牢問を押し付けたような恰好で、面目次第も御座いませぬ」

磯貝に低頭する龍三郎と磯貝二人を見比べて忠之が安堵の声で云った。

「わしはその方たち二人、良い家来を持って幸せ者じゃ。されどわしは、このような拷問を見るのは嫌いでのぅ。磯貝、その方に任せておる。何としても吐かせろ！　結城が立ち会う」

言い捨てて榊原忠之は拷問蔵を後に出て行ってしまった。残った龍三郎を見て、磯貝が箒尻の棒を差し出して云った。

「おい結城、貴公が捕まえた野郎だ。ひとつ、責めてみるか」

と、箒尻を手渡そうとする。

見れば木鼠吉五郎は後ろ手に緊縛され、算盤板と呼ばれる三角形の角材を並べた上に正座させられ、背後の柱にしっかりと括りつけられている。その膝の上には、長さ三尺、幅一尺、厚さ三寸、重さは一枚十二貫ある〈伊豆石〉と呼ばれる石板が八枚も載せてある。

三角の木材の角が脛に食い込み、その苦痛に叫喚号泣切歯と髪を振り乱して苦悶し、よだれ、鼻水を垂らす。最初の四枚目の責め苦で茫然自失し、以後順次増やされ、石を見ただけで初回の苦痛を思い出し、白状するものなのだが、この吉五郎は違う。

その岩を思わすごつごつした顔には今も不敵なふてぶてしい表情が、決して音を上げない強情さを表わしていた。

拷問台から下ろされると、下半身は蒼白、歩行はおろか立つ事すら出来ないのだ。毎度、オコリが起こったように身体中ブルブル震え、白目を剝き回復不能と思われるのを、小者に担がせて伝馬町の牢屋に戻し、何日も掛けて体力を回復させる。月日を空けて自白するまで、何回も過酷な拷問が続けられていた。

〈石抱き〉又は〈算盤責め〉とも云われる。

「いや磯貝さん、私は止めときましょう。いくら悪党でも苦しんで泣き叫ぶ姿を見るのは好きでは御座いません。スッパリ殺っちまった方が性に合います」

「云ってくれるぜ。俺が好きでやってると思うのかい？　まぁそこで見ていろ……おい、海老責めだ！」

傍らに立つ二人の配下に言い付け、もう立ち上がる事も出来ない吉五郎の両脇を抱えて立たせ、海老反りに固めた。

これは頭を両足の間に挟み手足を後ろで縛り、背中で顎と足首が密着するまで二つ折りにし、前のめりの姿勢で床に転がし、そのまま、数時刻放置する仕置きだ。身体中がうっ血し茹でた海老色になり、時を追うごとに全身の皮膚が赤から紫、最後は蒼白に変わりそれ以上続けると生命の危険が生ずる。その苦しさに耐えられる者はいないと云われているのだが、この吉五郎の頑張りはどうしたことだろう……。

仏の磯貝が声を荒らげた。

「ヤイッ、吉五郎、二年前遠州屋から、入れ墨者、利吉、清七と共に、べっ甲誂えの櫛四枚、笄二本、珊瑚の簪、ついでに二十五両を盗んだのはテメエの仕業だろう。さ、吐かねえか！　あの二人はとうに吐いたぞッ、吐いて楽になったらどうだ」

苦しげな息の下から吉五郎が呻いた。

「旦那ァ〜知らねえものは……知らねえんで」

「この野郎ッ、まだ白を切るかッ、吐けッ！」

海老反りに固めた吉五郎の背を、ささら状の青竹を麻糸で強固に補強した箒尻棒でブチのめすのだ。筆頭与力として、何としても職務を果たそうとの決意が見て取れた。

普段の柔和な磯貝の眼は吊り上がり、歯軋りして容赦のない叩き方であった。罪人が泣き叫ぶのを見るのが好きなのか？　仏の磯貝の隠れた一面を見たようで、龍三郎は意外な思いで見詰めた。

それに引き換え龍三郎は、いくら罪人とはいえ、その苦悶の表情と泣き叫ぶ姿を見るのは大嫌いなのだ。身が竦む。斬り捨てた方がどんなに楽か……龍三郎は呟いた。

「磯貝さん、私は帰ります。見ちゃいられませぬ」

「貴公が羨ましい。お奉行の懐刀としてお墨付きを頂いて……まぁ拙者に任せてくれ。吟味筆頭として何とかする」

「申し訳御座いません。押し付けるようで……」

応える代わりに、その反動は吉五郎に向けられた。

「やい、吉五郎ッ。次はオメエを〈釣るし責め〉に掛けるぜ、覚悟して待っていろ」

　龍三郎は背中で聞きながら、小者の挨拶を受け拷問蔵を後にした。

　天保五年の入牢以来縛り敲き百回の笞打ち、石抱きは五枚から七枚、八枚、と順に増え、遂に今日は海老責めだ。この過酷な拷問によくも耐えているものだと、悪党ながら感心してしまう。次の〈釣るし責め〉は老中の認可を得ないと執行出来ぬ無惨な拷問であった。

　与力磯貝三郎兵衛は、何故あのように科人に対して過酷になれるのか？　手柄を焦っているわけではあるまい。科人に対しては、普段見せる穏やかで面倒見のよい上役とはまるで違うのだ。世襲の与力から、何とか御目見得直参旗本以上まで登り詰めたい、という野望でも腹に抱えているからなのだろうか？

　日頃のお務めは勤勉で先頭立って同心たちを指揮し、事件解決に立ち向かっているのだ。

（嫌な拷問を見てしまった）と後悔しつつ、玄関に戻ると、式台の前に作蔵が蹲り、雪駄を揃えてくれた。

　膝の上に抱えた風呂敷包みを差し出して、

「これを妙様から。結城様へお渡しするようお預かり致しております」

「あぁ済まねえ、俺はこれから野暮用で他所へ廻らなきゃならねえんだ。ご苦労だが、俺んちの女中に渡しておいてくれねえか？」

「あぁ、お里さんで御座いますね。承知致しました。……あの方はよく気の付く綺麗な方で御座いますねぇ」

とつぶやくのを耳にして龍三郎は揶揄ってやった。

「おっ作蔵、オメエも隅に置けねえな。だがありゃぁ諦めな。働き者の、仲のいい大工の亭主がいるぜ。磯の鮑の片思いってなぁ……」

「めっ、滅相も御座いません。わたしはそのような懸想など、不謹慎な……」

「ハッハッハ、いいじゃねえかぁ、老いらくの何とやらか？　ハッハッハッ、女人に想いを寄せるのは生きてて楽しいものだぜ。じゃ行って来らぁ。ハッハッハッ、お里によろしくなァ」

（さぞ作蔵の野郎は青くなったり、赤くなったりしてやがるだろうな）と腹の中で笑いながら奉行所を後にした。

六

龍三郎は拷問を見た後味の悪い気分を変えようと、浅草観音境内の伝法院辺りまで足を伸ばし、〈鍵屋〉という水茶屋の縁台に腰を下ろした。

いらっしゃいまし、と顔馴染みのおちよという小女が、塩漬の桜を白湯に入れて出してくれる。境内を見ながら、梅が散り今を盛りの桃のあとはすぐ桜だなぁと時の移ろいの早さを思いつつ、熱い茶を啜りながら人通りを眺めれば、忙しげに歩く商人、のんびりと桃の花を眺めながらの参詣人が行き交い、和やかな雰囲気だ。茶代は一人二十四文、龍三郎は小銭を置いて席を立った。酒を呑みたくなったのだ。

上野広小路から忍川の小橋を渡り、不忍池畔の料理茶屋〈藤よし〉へ足を向けた。

——黒板塀に見越しの松、粋な造りの料理茶屋の前に立った。

表で水を撒いていた小女のおきみが目ざとく龍三郎を見付けて、柄杓を桶に放りこんで、玄関へ首を伸ばし、

「女将(おかみ)さんッ、女将さ〜ん、結城様がいらっしゃいましたよォ」

と叫びながら奥へ駆け込んだ。

入れ違いに、鈴を張ったような涼やかな眼をした艶(つや)っぽい細身の女が息弾ませて、水色の暖簾を分けて泳ぐように迎え出てきた。女将のお藤(ふじ)だ。

「まぁ旦那ァ、お見限りでしたねェ。ささ、奥へ」

打ち水の撒かれた一間ばかりの三和土(たたき)から、お藤は龍三郎の手を握って上がり框に引っ張り上げる。潤(うる)んだ声で、さぁ、どうぞどうぞ、と背中を押すように奥の間へ招き入れられた。

ここ〈藤よし〉――女将お藤との馴れ初(そ)めを思い出す。

お藤が辰巳芸者蔦吉(つたきち)の源氏名で深川永代寺門前仲町(えいたいじもんぜんなかちょう)〈菊水(きくすい)〉で褄(つま)を取り三味線抱えて、お座敷に出ていた二年前からの馴染みなのだ。

辰巳芸者――江戸の辰巳〈東南〉の方角、深川辺りで人気を呼んだ意気と張りを看板にした芸者衆だ。薄化粧で、身なりは地味な鼠(ねず)色系の着物の上に男のものとされていた黒紋付の羽織を引っ掛け、冬でも足袋(たび)を履かず素足のまま、男っぽい喋り方で、気風(きっぷ)が良くて情に厚い。芸は売っても色は売らない心意気が自慢という、粋の権化として江戸っ子の間では非常な人気で持て囃されていた。舞妓・芸妓が京の華なら、辰巳芸者は江戸の粋の象徴と称えられた。

お藤は両替商大黒屋伝兵衛から『私の妾にならんか』と落籍をせがまれたが、

「お前さんみたいな狒々爺いのお情けを受けるなんざぁ、真っ平御免でござんすよ。あたしゃ芸は売っても身体は売らないんだよ！」

と、吉原の遊女とは違うと、凜としてきっぱり啖呵を切り、居辛くなった〈菊水〉を辞めた。そのあと、深川木場の口入れ稼業兼博打打ちの貸元、木遣りの留五郎から高利だったが金を借りて、板前の文治を連れて、上野不忍池畔にいい出物を見付けた。そして今の料理茶屋〈藤よし〉を開店したのだ。

しかし、留五郎は借用証文をどう書き換えたのか、約定以上の高利を『早く返せ』と矢の催促、『それが出来なきゃ俺の情婦になれ』と子分を引き連れて店に押し掛けて、只酒、只食い、他の客に絡んで、やりたい放題のあくどい仕打ち。堪忍袋の緒が切れた板前文治が、刺身包丁握って留五郎の座敷に殴り込もうとしたその時――。

丁度客として居合わせた龍三郎が、朱房の十手で子分二、三人を引っ叩いて、それこそ大袈裟に役人風を吹かせてやり込め、留五郎を平蜘蛛のように座敷に這いつくばらせたのだ。

「おう留五郎！　オメエもこんな阿漕な商売をやっていやがると、死罪とまでは行かねえが、家財没収、江戸所払い、遠島、重縛り敲きと罪が重なって、お天道様の下も歩けなくなるぞ。女将はキチンと期限通りに返済してるじゃねぇか。度が過ぎる催促は、俺っちが勘弁ならねえ。文句があるか！　あるんなら、云ってみろいッ！」

「へへぇ……文句なんて、旦那ァ、とんでも御座居やせん」

御上のご威光、十手の前に畳に額を摺り付けてひれ伏した。

「それと文の字、お前もそんなおっかねえ刺身包丁を持ち出すんじゃねえ。そいつぁ魚をおろすもんで人様を三枚におろしちゃいけねえ。いいかい、一本気なのは正直でいいが、気が短えのは、短気は損気と云ってな、直さなきゃいけねえぜ。女将さんを助けてこの藤よしの屋台骨をしっかりと支えてやってくんな。分かったな？」

「へえ、よっく分かりやした」

龍三郎が、立て板に水のようなべらんめえで、無駄なく喋り倒した。

畏まった文治は頭に巻いた捻じり鉢巻を解き、首筋の冷や汗を拭った。

上目使いで這いつくばった留五郎を前に、長火鉢に腰掛けて足を組んでの、気風のいい、惚れ惚れするような裁きだった。恐れ入った留五郎はそれ以来姿を見せなくなった。

「旦那、何てお礼を申し上げたらいいか……有難(ありがと)う御座んした」

「おいおい女将、何時(いつ)までも辰巳芸者蔦吉の男言葉を使うんじゃねえ。せいぜい、料理茶屋の粋な女将さんにならねえとな」

「あい。旦那ぁ、あたしゃ肝に銘じて忘れませんよ」

二十三歳、もう年増(としま)と云われる女盛りのお藤が見せた、初々しい恥ずかしげな表情だった。

――お藤は身持ちの堅い女であった。一本立ちの自前の芸妓になる前は、日本橋の呉服屋を営(いとな)む大店の優しい旦那に落籍(ひか)されたが、三年も経たずに死に別れ、以来男出入りが一度もなかったという。

お藤が偽りを云っていないのは、付き合ううちにすぐに分かった。

「お藤、オメエが初めて俺と会った日に寝たから、ほかにもこんな事をしているのだろうかと、始めのうちは気になっていたんだが……」

龍三郎が打ち明けると、お藤は肩を震わせて笑った。

「私は置屋から離れた町芸者だから、お客さんに身体を売らなくても芸を売って食べていける……それに私は、自分の口から云うのも何だけど、この深川界隈じゃ、男嫌いの身持ちの堅い女で通ってるのさぁ」

「それじゃ、何故俺と遇っていきなり寝たんだ?」

「それが、何でなのか自分でも分からないんだよォ……お座敷で二人っきりで沢山お酒を呑んじまって酔った勢いでかねぇ……」

龍三郎はこだわり過ぎかな、とも思ったが、訊かずにはおれなかった。

「それじゃオメエは、酔えば誰とでも寝るのか」

掌を頬に当て、考え込むように遠い眼でぽつっと云った。

「そんなこと……初めて旦那とお座敷で会った時から何故か気を許しちまった……自分の方からこの人に抱かれたいと思ったのは初めてだったんだよ……」

龍三郎は初めてお藤と肌を合わせた夜、お藤が涙を流して呟いた言葉を覚えている。

「私、今まで一人で働いて来て良かったぁ。こんなにイイ人に巡り会えたんだもの」

「そうよなぁ、これだけ世間にゃ沢山の男と女が居る中で、俺たちがひょっこり出会えたのも運命ってもんじゃねぇのかなぁ。神様が赤い糸を結び付けてくれたんだろうぜ」

日頃、神や仏なぞ信じていない龍三郎が思わず一人ごちた。

「私は上総（かずさ）の佐倉（さくら）の在所に、おっ母（か）さんと年の離れた兄（あに）さんがいるけど、食べていくのがやっとの貧しい暮らしだった。お父（と）っつぁんは二つのときに流行（はや）り病で死んじまったとかで顔も知らないんだよ。六つの時に深川の芸者置屋へ奉公に出されてねぇ、踊りや三味線の芸事を仕込まれて、芸妓になって……色々苦労してやってきたけど、今良かったことと云ったら、旦那に会えたことだけだった……」

龍三郎は縋り付くお藤を抱き締めて因果（いんが）を含めるように云った。

「俺も、いつ死ぬか分からねえ。侍（さむれ）ぇとして命を賭けた商売だ。俺が死んだら線香の一本も手向（たむ）けてくれよ」

お藤は尚更力を籠めて龍三郎に縋り付く。

「そんな悲しいこと……旦那が死ぬときは、あたしも一緒に死なせてもらいます。生きちゃいけないもの……」

「馬鹿なことを云うな。オメエは死んじゃあならねぇ。俺が役目の上で斬り殺されるとも、オメエは生きて俺の菩提を弔ってくれりゃあいいんだよ」

「いいえ、私は旦那がいない世に独りで生きていこうなんて思わない。何の未練もありゃしないもの、一緒に死にます」

耳元で必死に囁くお藤の一途さが思い出される。これほど芯の強い男勝りの女が、儚げにいじらしいほど心の内をさらけだしている。龍三郎はこの女の為にも、死んではならない、生きなければと意を固めた——。

お藤がパンパンと手を二度叩いて調理場へ声を掛けた。

「文さ～ん、腕を振るって美味しい魚をおろしておくれェ」

続いて声を張り上げる。

「おきみや～、今日は常磐津のお稽古はお休みだよォ。格子戸に貼り紙出しといておくれぇ」

へ～い、とおきみの元気な声が返ってきた。

文治が左肩から右脇に斜めに袂を縛った手拭いをはずしながら廊下に膝を付いた。

「旦那、いらっしゃいまし。今日は活きのいい鯛が入りやした。鯛の澄まし汁からいきやしょう。あとは脂の乗った鰻の蒲焼なんざどうでござんしょう？　精がつきやすぜェ」

「文の字、嬉しいなぁ。宜しくやってくれ。オメエに任せるぜ」

「へえ、有難うござんす。お任せなすって。そいじゃ」

と、いそいそと調理場へ戻って行った。

「頼りになる板さんになったじゃねえかぁ。女将、世の喩えにも云うだろ『酒は燗、肴は刺身、酌はたぼ』ってな」

「あ～ら、嬉しいこと云ってくれるじゃないか。旦那ァ、女将じゃなくて、お藤って呼んでおくれな。そうだ、湯屋へ行って来るかい」

「いや、朝風呂に入って来たから、もういいや。それより早えとこ酒にしてくんな」

「あいよ」

これもいそいそと柳腰を振りながら奥へ去った。後ろから龍三郎に見られていることを意識している歩き方だ。

（今夜はここに泊まるかな）

と龍三郎は出窓に頬杖ついて不忍池を眺めた。

もう春だ。名物の蓮（はす）の葉も仏の台座のように広がり、見事な池の風情だ。もうじき夏が来れば綺麗な白い花を咲かせるのだろう。今は柳の芽が吹き緑の色が濃い。

ふと、榊原忠之の娘、妙の顔がよぎった。あれ程真剣な情を捧げられて、乙女心を弄（もてあそ）んでもいいものだろうか？　自堕落な暮らしの俺にはお藤あたりが丁度良いのではなかろうか？　思案に余る龍三郎であった。

上野寛永寺（かんえいじ）の鐘が七つ（午後四時）を告げた。

溜息ついて、まだ冷気の流れこむ丸窓の障子を閉めると、廊下の障子が開き、薄化粧のお藤が、銚子二本と、板前文治が腕によりをかけた肴の、鯛の刺身皿と澄まし汁の椀を載せた朱塗りの足付き膳を手に部屋に入り、龍三郎の脇に膝を崩して座った。

「さ、旦那、お熱いところをお一つ」

と龍三郎の好みの猪口（ちょこ）を手渡す。

「おっ、済まねえ」

猪口に受けて、すぅ～とひと息で呑み干した。

「やっぱり旨えなぁ。オメエも一杯いくかい？」

「嬉しいねぇ、注しつ注されつ、チントンシャンってね……」

お藤は浮き浮きと弾んで、クイッといい呑みっぷりだ。呷ってのけぞる喉の白さが艶かしかった。

「今日は泊まってってておくれなんだろ？」

お藤は悩ましい流し目を送って銚子を傾けた。注がれながら龍三郎、

「う〜ん、そうよなあ」

と気を持たせる。

「憎らしいねぇ、この人は……」

と、お藤は龍三郎の肩にしなだれかかった。

――数刻後。

衣紋掛けに吊るされた龍三郎の、妙から贈られた結城紬の合わせの着物、今日はお奉行に拝謁だったから五つ紋の黒羽織も一緒だ。床の間の刀架には愛刀〈肥後一文字〉が、敷き布団の頭の上、手の届く処には脇差が置いてある。

行灯にお藤の着物が半分掛けられ、芯を絞った灯りを遮り、ほの暗い寝間。

お藤の汗ばんだ白い裸身が浮き上がって、龍三郎の逞しい胸を撫で、頬を摺り

寄せてホッと溜息をつく。龍三郎は腹這いになり、煙草盆を引き寄せ煙管にきざみを詰め、火を点けて深々と一服吸い込んだ。

寛永寺の鐘が四つ（午後十時）を打った。

七

翌日朝、〈藤よし〉の裏庭で真剣の素振り、居合い、抜刀の一人稽古をした龍三郎は、午前、お藤と一緒に浅草猿若町、市村座の芝居小屋に出掛けた。江戸一番の賑やかな盛り場だ。森田座・中村座など芝居小屋や見世物小屋が並び人の群れが押し寄せている。

龍三郎としては昨日のまま着流しの上に黒紋付の巻き羽織を羽織っているので、定町廻り同心に見られるのは致し方のないことだったが、隠密廻り同心としては忸怩たる思いであった。同心と見抜かれては隠密廻りとして支障を来す。着流しで羽織無しがいい。

「お藤、どうでぇ、軽業でも見てみるか？」

と、お藤を誘ってふらっと見世物小屋へ入っても、木戸番は、

「こりゃぁ、八丁堀の旦那、お役目ご苦労さんでござんす」

と云って木戸銭を取らぬ。黒紋付の巻き羽織が、八丁堀同心の目印のようなものなのだ。だが、龍三郎は二朱銀を鼻紙に包んでポイと木戸番台に心付けを投げてやる。それを辰巳芸者だったお藤はうっとりと眺めて云った。

「粋だねえ旦那ァ、好きだよォ」

と余計腕を絡めてくる。木戸番は表方を振り返って威勢良く叫ぶ。

「お二人さん、ご案～内、二階の桟敷席だぞォ」

「あいよ～ォ」

大刀を帯から抜いて左手に下げ、舞台に近い二階の桟敷席にお藤と並んで陣取った。

表方が銚子二本と肴を載せた盆を持って来る。この桟敷席は、酒を呑み、肴をつまみながら、舞台を見物出来るのだ。

綱渡り、独楽回し、玉乗り、駕籠抜け、手裏剣投げなどの曲芸は、一杯に埋まった客席からヤンヤヤンヤの喝采を浴びて盛況だった。

ふと、一人の軽業師のとんぼ切り、ぶらんこの躰の使い方が龍三郎の目を引いた。

（はて、どこかで見たような……）

思い当たった。先日、剣友櫛田文五郎を訪ねて一献傾けた帰り道、戌の上刻頃だったか、麹町武家屋敷小路でいきなり匕首で襲い掛かって来た細い目のすばしこい奴……。

何気なく、そ奴が舞台から二階桟敷席を見上げた。

一瞬龍三郎と眼と眼が絡み合った。

気が付いたかどうか？　そ奴は平然と曲芸を続け、拍手と歓声を浴びて、舞台袖へ引っ込んだ。

「お藤、チョイと待っててくんな。すぐ戻って来らぁ」

「龍さん、何処（どこ）行くんだよォ。置いてっちゃ嫌だよ」

と心細げに振り返った。

呼び名が『旦那』から『龍さん』に変わっている。女はすぐ変わる。龍三郎はそれが可愛かった。

まだ人が立て込む木戸口から、筵（むしろ）張りで小屋を囲った裏口へ廻った。

楽屋口を塞いだ筵と内側に張った派手な暖簾をそっと撥（は）ね除（の）けると、目の前一間の処に、さっきの軽業師が剣呑（けんのん）な眼付きを一層細めて立っていた。一人の浪人とやくざっぽい、確か舞台では手裏剣投げの曲芸を見せていた若い男を従えている。

　懐手の用心棒だろう浪人は、元は黒色が羊羹色に色の褪せた薄汚れた着物と袴、腰に大刀ひと口を帯びている。手裏剣投げの男は、軽業小屋の名入りの袢纏を着て三白眼でねめつけてくる。

　小男の軽業師が云った。

「やっぱり来なすったか。よく此処が分かりやしたね」

あの時と同じ、感情の籠もらぬ平然とした冷たい声音だ。

「いや、偶然だ。見事な芸だな、とっくりと見せてもらったぜ」

「フン、おぅ八丁堀。チョイと顔を貸してくれ」

と顎をしゃくって、龍三郎の脇をすり抜け、先に表へ出て行った。

浪人と手裏剣投げも先に通した。二人共、胡散臭い顔付きで横目で睨みながら通り過ぎた。龍三郎が続く。

　表で待ち構えていた軽業師が振り向いて云った。

「この先に人の居ねえ小せぇ荒れ寺が在る。そこの境内で勝負だ」

　スタスタと身軽い身のこなしで先に歩き出した。いつの間にか浪人と手裏剣投げは龍三郎を囲むように後ろに廻っている。

軽業師は裏通りの荒れ果てた寺の境内の中央で振り向いた。もうその手には禍々しい九寸五分（約二九センチ）の匕首が握られていた。右後ろの浪人も抜刀する。左後ろの手裏剣投げは手拭いで包んだ両刃の手裏剣三本を懐から取り出した。

「まず訊こう。何故俺を狙う。この前と云い、訳も分からず命のやり取りは御免だ」

龍三郎の心は冴えていた。

「じゃぁ聴かせてやるぜ。テメエが何故三途の川を渡るのか分からねえでおっ死ぬのも可哀そうだ。三年前にテメエにとっ捕まった木鼠の吉五郎親分の意趣返しだよ。納得したか！」

「ははぁ、成程ォ。そういう事だったか！　吉五郎は大した野郎じゃねえか。証拠の挙がってる盗み働きも、子分のテメエ達の名前もおくびにも出さねぇで、二十何回の拷問にも耐えて口を割らねえらしい。爪の垢でも煎じて飲ませてもらうんだな。盗人の鑑じゃねえか」

「おきゃぁがれ！　命は貰ったッ！　殺っちめえ！」

左後ろで衣擦れの音がした。空気を切り裂いて両刃の手裏剣が飛んで来た。振り向きざま腰から鞘走った胴田貫がキーンと乾いた音を立ててその手裏剣を撥ね飛ばした。陽の光を煌めかせながら、欅の梢の中に消えて行った。

龍三郎は右足から踏み込んでそいつの左肩から袈裟懸けに斬り下げた。切っ先五寸が鎖骨を断ち切り、斜めに心の臓まで断ち割った。次に投げる手裏剣を右手に握って頭上に振り被ったまま、己の胸からほとばしるドス赤い血に驚いた表情で、のけ反ってぶっ斃れた。

「おのれッ！」

左側から浪人が斬り込んできた。多少腕に覚えがあるのだろう、自信満々の斬り込みだった。が、龍三郎にはゆっくりと撫ぜてでもいるようにも思えた。間合いは見切っていた。龍三郎の胴田貫が峰返しして下から跳ね上げた。刃こぼれを避けたのだ。

カキーンと澄んだ音を残して浪人の刀は鍔元七寸を残して折れて宙に飛んだ。返す刀で二尺ほど飛び上がり腰を沈めての真っ向唐竹割り——頭蓋から一刀両断に斬り下した。その浪人の額が割れ、鼻、口、喉、胸まで斬り裂かれて、血を湯水の如く噴き出しながら前のめりに斃れた。

躰の下から血溜まりが勢いよく広がってゆく。

龍三郎は静かに振り返った。息ひとつ乱れてはいない。軽業師の小男が匕首片手に、細い目を一杯に見開いて立ち竦んでいる。

「どうした、親分の恨みを晴らすんじゃねえのか？　もう止めときな。オメエももう盗人には戻らねえで、上方辺りで軽業師としてのんびり暮らしたらどうだい。約束するなら見逃してやってもいいんだぜ」

とは言っても、ここで片を付けねば又何処で命を狙われるか分かったものではない。龍三郎の決意は固まっていた。

「喧しいッ、吉五郎親分に義理が立たねえんだよ」

恐怖で怯えた表情ながら、口を歪ませて吐き捨てるように云った。

「ふ～ん、見上げたもんだ。オメエ、名は何てぇんだ。名無しのゴンベエさんじゃ戒名に名前も書けねえからな」

「洒落臭ぇッ、俺ぁ猿の三次ってんだよ」

「ふ～ん、お猿さんか、道理で身が軽い筈だ」

「チッ」

と舌打ちしてヤケクソで匕首を腰だめに構えて突っ込んできた。

　一瞬、三次は目の前で跳ねて空中で一回転して、龍三郎の頭上からそれこそ猿のように頭から下に匕首を突き出して襲い掛かって来た。

　無意識に剣尖は上に伸びた。剣尖は三次の胸を貫いて突っ立った。

　降り注ぐ血を避けて刀を抜きながら龍三郎は背後へ飛んだ。

　三次はドサッと地面に落ちて、ピクピクッと四肢が痙攣して、死んだ。

　龍三郎は重い吐息をつきながら、懐から一尺四方の四角に切った柔らかい湿った鹿のなめし革を取り出して、血糊を丁寧に拭った。懐紙ではここまできれいに拭えない。血脂は刀が錆びる因だ。

（刀は武士の魂――大事にせねば……）

　思わぬ時を喰った、お藤が心配しているだろうと見世物小屋へ戻ろうと踵を返した。

　広小路へ出ると、間が良いというか、前方の人混みの中を、万吉とかいう岡っ引きを従えた朋輩の同心轟大介が意気揚々と歩いて来るのが見えた。

　万吉が龍三郎に気付き、轟の袖を引いて教えている。

　気付いた轟は嬉しげに近付き、声を掛けてきた。

「やぁ結城さん、まさか定町廻りではないでしょうな、黒羽織を着て。このところ、練兵館で代稽古をしてもらえませんので腕が鈍ってますよ」

「いい処で会った。今、悪党を三人斬ってきた。裏の寂れた寺の境内に転がってる、木鼠の吉五郎一味だ。検視をしてくれねえか？　お奉行には俺の方から報告しとくよ」

事も無げに云う龍三郎に驚きながらも、轟大介は手下の岡っ引きと顔を見合わせ、十手を引っこ抜いて駆け去った。

見世物小屋の舞台の曲芸に合わせて、三味線や太鼓や笛の音曲で浮き立つような二階の桟敷に戻ると、お藤が半腰を上げて首を伸ばし、辺りをキョロキョロ見回している。肩を叩いて胡坐を掻いて隣に座り込むと、お藤は形の良い眉を曇らせて、唇を尖らせ拗ねるように云った。

「ううん、心配させて……何処行ってたんですよォ、旦那ぁ。あらッ血が……」

ハッと息を呑んで、着物の袂をつまんだ。

「ああ、返り血が撥ねたか……。今、悪い野郎を三人ぶった斬って来た」

「ええっ？　それで旦那は、怪我はなかったのかい？」

「この通りピンピンしてるぜ。さぁ帰ろうか。酒が呑みたくなった」

「え？　じゃぁ、又今夜もうちへ来てくれるのかい？」

「ほかに行くとこぁ、無(ね)えじゃねえか」

「嬉しいねぇ……じゃ龍さん、早く出ようよ」

何かもう、所帯を持っているような気分になった龍三郎であった。

第二章　悪党狩り

一

翌朝、料理茶屋〈藤よし〉からの帰り道、朝風呂に入ろうと桜湯へ寄った。珍しく伊之助が居なかったので、どこか髪結いの御名指しの声が掛かったのだろうと、月代に剃刀は当てず、髭は自分で剃った。

八丁堀組屋敷の我が家に帰り、返り血を浴びた結城紬を脱いで着替えようとしていると、通いの女中お里が顔を出した。通いと言っても、組屋敷内の数軒先、数十歩だ。

「あぁ、旦那様、お帰りなさいまし。朝餉はどう致しましょう?」

「いや、もう済ませてきたぜ。小母ちゃん、これを洗っといてくんねえかな、血が付いちまったんだ」

「血が？　まぁ、こんないいお着物に……はい、承知しました。それより旦那様、昨日は綺麗な色っぽい女の方を連れて猿若町を歩いていなすったそうですねェ。お二人とも、いい男といい女なんで、皆んな振り返ってえらく目立ったそうですよ」

お里が急に声を潜めて、横目を使って秘密っぽく囁いた。

「オメエ、誰からそれを聞いた？」

「うちの宿六ですよォ。猿若町の仕事場の二階の足場から見掛けたそうですよ。あんまりお綺麗な女なんで、見惚れて足滑らせて落っこちそうになっちまったんですって！　旦那様も隅に置けませんねえ」

「莫っ迦野郎、何云ってやがる。亭主の定八に云っとけ。俺だって木石じゃねえ。若い血がうずうずしてるんだ。オメエらだって覚えがあるだろう？」

「もうとっくに忘れちまいましたよォ」

「ハッハッハッハ。おっ、思い出した。お奉行んところの、作蔵を知ってるな。どうやらオメエにホの字らしいぜ」

「嫌ですよォ、からかわないでくださいよ。あんな爺さん……」

「満更（まんざら）でもねえだろう。いいのかい？　不義密通は獄門死罪だぜ。河原の立ち木に背中合わせに襦袢（じゅばん）一枚で縛られた二人が見物衆に石を投げ付けられて、死んじまった後まで晒（さら）し者にされるんだぜ。どうする、お里？」

「ブルルッ、脅（おど）かしっこ無しにしてくださいよ。あたしゃうちの宿六にぞっこんですよォ。あっ、そうそう、作蔵さんといえば、昨日見えて、何やら風呂敷包みを預ってますよ」

「おぅそうかい。仕立て下ろしの着物の筈（はず）だ。今日奉行所へ顔を出すから丁度いいや、出してくんな」

　妙の思い詰めた顔が頭をよぎった。お里が簞笥（たんす）の上から下ろしてきた風呂敷包みをほどき、拡げた着物を見て歓声をあげた。

「まぁ、何と見事なお召し……この柄、このお色、旦那様だったらお似合いでしょうねえ、惚れ惚れしますよ。若い娘がほっときゃしませんよねえ～」

　成程（なるほど）見事な鮫小紋（さめこもん）の仕立てであった。その分、龍三郎は気が重くなるのを抑えられなかった。龍三郎に何の疑いも抱かず信じ切ったあの純真な顔が真正面から見られるかどうか……今日奉行所へ顔を出し、榊原忠之に昨日の一件の報告をせねばならない。嫌でも顔を合わせるだろう。

（そろそろ決着をつけねばならぬ……）

お奉行に打ち明けて『私にはお藤という手頃の女がおります。妙殿なんて勿体(もったい)なさ過ぎます。高嶺の花だ……』と。

軽妙洒脱(けいみょうしゃだつ)なお奉行のことだ、きっと判(わか)って下さるだろう……。

お里に手伝ってもらってその新調の着物に袖(そで)を通した。龍三郎ならこの色、この柄が似合うであろうとの妙の一途な想いが感じられた。

お里は二、三歩離れて眺め、又大きな溜息ついて、

「あ～あ、どうしてもうちの宿六と比べちまう！　月とすっぽんとはよく云ったもんだ。あたしゃ生まれが悪かったんだねえ～。オッホッホッホ、愚痴(ぐち)を云っても始まらないかぁ……はい、行ってらっしゃいまし」

お里に見送られて組屋敷をあとにした。

北町奉行所に着くとすぐ作蔵の案内で奥の間に通された。

榊原忠之は居室でゆったりと脇息(きょうそく)に凭(もた)れて龍三郎を迎えた。でっぷりと太り肉(じし)だが小袖の着流しに茶の縮緬(ちりめん)の丸羽織がよく似合っている。部屋に入り辞儀すると、

「おう龍三、待ちかねたぞ。磯貝から報告があった。轟が検視をしたらしいが、

恐ろしい斬り口だったと。木鼠吉五郎の手下を三人、ぶった斬ったそうだな？聞かせろ、どんな具合だった？」

脇息を脇に退け、身を乗り出した。

「ハッ、先夜一度狙われた猿の三次と申す吉五郎の手下が、猿若町の見世物小屋に出ているのを、偶然見つけまして……奴らは三人。裏の荒れ寺の境内に呼び出されて剣を交えました」

「ふんふん、それで？」

益々身を乗り出し、座布団から滑り落ちそうだ。

「一人は手裏剣投げが得意の軽業師、一人は腕に覚えの浪人者でした。袈裟斬りと真向唐竹割りで斬って捨てました」

「ふぅむ。斬り捨て御免状をその方に与えておいてよかったのォ」

「恐れ入ります。……ところで、今日は妙殿は？」

「ほれ、聞こえるだろう、琴の音が……部屋で稽古しておるわい」

なるほど、先程から雅な琴の音が風に乗って聞こえていた。丁度良い。会わずにこのまま同心部屋へ顔を出そうと、忠之の前を辞去した。

約七千坪の敷地の一角に御書院と与力・同心の詰め所が在った。

入ると、七、八人の同心仲間が集まり、その中心に轟大介が座して、口角泡を飛ばして、昨日の龍三郎の斬り捨て現場の検視の状況を、その場面を今見たように身振り手振りを交えて、話して聴かせていた。朋輩たちは興奮に息を詰め身を乗り出して一々相槌を打ちながら眼を輝かせて聴いていた。この北町奉行所の同心たちは火盗改方のような、真剣を抜いての捕り物は経験が少ない。ましてや、人間を一刀の下に斬り捨てるなど誰もやった事がないのだ。

「いいか、こう頭蓋骨から胸まで一直線に真っぷたつに左右に割れて、その凄まじい斬り方は、色んな修羅場を見て来た拙者も初めて見たぜ。そんな結城殿に練兵館で代稽古を付けてもらってるだけでも自慢だぁな。それからもう一人の方はな、こう……おや、噂をすれば影だ。結城殿が現われた！」

振り返った同心の仲間たちがワッと龍三郎の周囲を取り囲み、口々に訊いてくる。

「結城さん、凄かったらしいですねえ、人を斬るときどんな心地がするものなんですか」

「それだけ人を見事にぶった斬る手の感覚はどんなものなんだ？　手応えはあるのか、教えてくれ」

彼らの表情には羨望と畏怖の念がまざまざと浮かんでいた。

龍三郎は、本音と謙遜を織り交ぜて恥じ入った様子を見せて云った。

「いやいや、日頃鍛錬していれば勝手に刀が動くものですよ。……まぐれで御座るよ」

その時、障子戸を開けて、厳しい声が響いた。

「各々、出張るぞ。鴉だッ、鴉権兵衛が現われた！」

振り返れば、吟味方筆頭与力、磯貝三郎兵衛が、蒼白の顔色で佇立していた。

「あっ、これは磯貝様」

同輩たちは皆、片膝付いて腿の上に掌を置き、畳に左手指を付いて頭を下げた。俸禄二百石取りの与力と三十俵二人扶持の軽輩同心とのこの歴然たる格差は、致し方ない事なのだ。卑屈なまでの同心たちと、立って見下ろす磯貝にそれは見てとれた。

「ゆんべ又、鴉権兵衛が出た。本所深川の両替商、播磨屋だ。一家奉公人あわせて十七名が惨殺された。蔵の中はスッカラカンだ。わしが懇意にしておる店なのだ。急げッ」

筆頭与力の悲痛な下知に皆慌しく同心部屋をあとにした。龍三郎も、ここは一つ、鴉一味の惨殺現場を検分しておく事も役に立つだろうと皆の後を追った。

――本所深川、播磨屋孫兵衛方、豪壮な店の表には野次馬が集って、ある者は背伸びをし、ある者は人の隙間から覗き込み、怖いもの見たさで興味津々の様子だ。

その喧騒を奉行所から出張って来た下役人たちが、六尺棒を持って取り締まっていた。

屋内へ踏み込んだ同心たちは皆、足の踏み場も無いほどの血まみれの修羅場に息を呑み、眉を顰めて検分していた。障子・襖は破かれ蹴倒され、畳は血を吸い、廊下は流れた血でぬるぬるで、滑って転ぶ者も出る始末――。

男たちは、老いも若きも例外なく、斬られ突かれ血溜まりの中に絶命していた。若い女も年端も行かぬ丁稚も見境なし。この世と思えぬ地獄絵図だ。

斬殺死体の斬り口は見事だった。鴉一味に侍が居るということか？

矢張り、この播磨屋の跡取りと思える息子が、鴨居から頸を括られて吊るされ、胸には『極道息子への遺恨覚えたか』と書かれた紙片が匕首で突き立てられていた。

磯貝三郎兵衛が主人らしき亡骸の前に跪いて、

「孫兵衛さん、この仇は屹度取りますぞ」

と合掌し、呟いていたのが胸を打った。

初出動の若い同心が胸を喘がせて中庭で嘔吐している。蒼白な顔で、額に脂汗を滲ませて――龍三郎は数年前のわが姿を思い出した。しかし、惨状を見慣れた龍三郎でも、ここまで非道な残虐現場は初めて見た。

（許せぬ。必ずや一味全員を取っ捕まえて、いや、必ずやぶった斬って、根絶やしにしてやる）

龍三郎は歯嚙みしてこの現場の惨劇を目に焼き付け、心に誓った。

この一件は瓦版屋の読売で、一日で江戸中に知れ渡り、町衆は戦慄し震えあがることだろう。悪い噂は一瀉千里で、伝わるのも早いものだ。

その帰り掛け、嫌な気分を酒で洗い流そうと轟大介を伴って、居酒屋樽平を目指して丁度日本橋堀江町に来掛かった時だ。

「キャア〜、助けてぇ〜」

突如辺りに魂消るような悲鳴が響いた。見れば、〈鳴海屋〉と看板の掛かった呉服問屋の店先から、髪振り乱して若い女が裸足で飛び出して来た。その三間ほど後ろに出刃包丁を手に、若い男が血相変えて追って来る。

男の眼は血走り、口から泡を吹きながら、訳の分からぬことを口走っている。

轟大介が、すぐさま帯に手挟んだ十手を引き抜いてその若い男の前に立ち塞がった。

ウウッ、と唸り喚きながら、出刃包丁を振り上げ襲い掛かるのを、轟が手首を打った。

出刃包丁を取り落とした男は、ふらふらと腑抜けのように道端に座り込んだ。

娘が縋り付いて、その若い男の躰を揺すって悲痛に叫んだ。

「兄さん、兄さんッ、気をしっかり持って！」

兄と呼ばれたその男は、蒼白の顔によだれを垂らして呻いた。

「阿片だ、阿片を早く寄こせッ」

呂律の回らぬ舌で辺りを睨め回しながら叫んでいる。

龍三郎は直感した。（今、御府内に蔓延している阿片が絡んだ騒動だ）と。

江戸の町衆は、火事と喧嘩と揉め事は大好きなのだ。直ぐに野次馬が集り、騒ぎ出している。龍三郎が轟を見遣り顎をしゃくった。轟は男を抱え起こし、娘に云った。

「娘さん、ここが住まいかい？」

「はいッ、はいッ、呉服問屋鳴海屋の娘さちと兄の幸太郎で御座います」

「よし、人が騒ぎ出した。入るぜ」

まだ暴れようともがく幸太郎の腕を逆手に取り押さえて、豪商鳴海屋の暖簾を撥ねた。龍三郎は、ここは巻き羽織で十手を持つ定町廻り同心、轟に任せて後に続いて店先に足を踏み入れた。思わず、唖然として立ち竦んだ。

たった今検視してきた播磨屋と見紛うばかりの血の修羅場が眼前に出現したのだ。

店の番頭や女中や丁稚らしき奉公人たちが血溜まりの中に横たわっていた。

まだ絶命せず息絶え絶えの者もものたうっている。

「おーい誰か、自身番に知らせてくれェ、俺は北町だッ」

轟大介が通りを振り返って怒鳴った。町人が一人、へえッ、と呼応して駆け出した。

これは阿片に狂わされた若者の犯行なのか？　龍三郎は暗然とした気分に陥った。

轟は、野次馬の眼を遮るために、取り合えず奥の部屋まで幸太郎を引き摺り、刀の下げ緒を解いて暴れぬように柱に縛り付けた。躰中がわなわなと痙攣して、

　落ち窪んだ眼が落ち着きなく辺りを彷徨っている。

　龍三郎が、傍で滂沱の涙を流しながら立ち竦む娘に訊いた。

「おさちさんとか言ったね、お前さんの兄さんはどうしなすった？」

「あ、あなた様は？」

　涙の顔を振り上げて訝し気に訊いた。

「おぅ、済まねえ。俺はこう見えても北町の同心なんだ。黒羽織も着てねえし、十手も持ってねえがな」

「左様で御座いますか。……いえ、うちの兄は半年程前から阿片に狂い出しまして、今日も父と母に、阿片を買うお金を寄越せと、無理無体の脅し方で……。父がもう出さぬと突っぱねると出刃包丁を台所から持ち出し、暴れ出したので御座います。遂には父を刺し、止める母も胸を突かれ……」

　おさちにとっては辛い悲しい、問い質しだったろう。が、勇を鼓して懸命に声を振り絞る姿が哀れだった。

「逃げ惑う奉公人たちも滅多やたらに傷つけられ、残ったわたしを追い掛けて先ほどの……」

　泣きじゃくりながらも懸命に事情を話してくれた。

「おさちさん、ありがとよ。辛ぇ話をさせて悪かったな。もう一つ訊かせてくんな。兄さんは、どこでその阿片を仕入れていたか、知ってるかい？　いや、最近、見掛けねえ人と会ったりはしてなかったかい？」

「さあ……」

おさちは涙を抑えながらも思い出そうと目を伏せて考え込んだ。

店先が騒がしくなった。堀江町の自身番から番太たちが戸板や大八車を引いて駆け付けて来たのだ。轟がてきぱきと指揮し始め、その場を治めようと努めている。

「あぁ、そう云えば……」

おさちがフイと龍三郎を見上げ、何やら思い出したらしい表情を見せた。

「おっと、何か思い出したかい？　おさちさん」

「はい、時々、ウチで御着物をお仕立てになりますお武家様がお出でになりますと、いつも追い掛けるようにお店を飛び出し、暫く致しますと、何か浮き浮きした様子で戻って参りました。そんなことが何度か……」

「ふぅ〜ん。その侍ェはどんな風采だったか、何か思い出せねえかい？」

「さぁ……いつもきちっと羽織袴姿で、ウチの両親とも懇意なご様子でした」

「ふぅ〜ん、顔立ちは覚えてねえかなぁ……何か目に付く……済まねえな、こんな騒ぎの直ぐ後だってえのに」

「いいえ……いつもニコニコとお優しい感じのお侍様で御座いましたが」

「おさちさん、そのお武家の名前なんてのぁ、御両親からは訊いたことぁねえかい？　何処の御家中だとか……」

「さぁ……申し訳御座いません。御見掛けしたことが、二、三度あるだけで……」

「ありがとよ、おさちさん、辛ェ事になっちまったが、力落とさねえで頑張るんだぜ」

おさちにとっては、大した力付けにもなるまいが、龍三郎は精一杯の励ましを見せて、後始末は轟に任せ、惨劇の鳴海屋を後にした。

幸多かれと、さちや幸太郎と名付けた両親の想いが忍ばれて哀れだった。

阿片に毒された息子のために、一家全滅の悲惨な憂き目に遭遇したこの惨状を忘れまい。必ずや、毒を振り撒く悪党を斬り捨てる、と決意を固めた。

胸に渦巻く疑念が、気分も足も重くした。木挽町の〈樽平〉の暖簾を潜り、一人、沈んだ酒を呑んだ。亭主の樽平も小女のおはるも、龍三郎の傍に寄り軽口を叩ける雰囲気ではなかった。この日の酒は不味く、酔えなかった。後日樽平から聞いた言によれば、龍三郎は宙空の一点に眼を据え、とても傍へ寄り付けぬ怖いくらいの風情であったとか――。

阿片は現在の東南アジア、タイ・ラオス・ミャンマーに跨る〈黄金の三角地帯〉で栽培される。イギリスの貿易先インドから大量の阿片が清国に流通し始め、やがて清国からは長崎貿易を通じて我が国にも吸煙用途の安価な阿片や生阿片が密輸入された。庶民の間に蔓延して行き、幕府は中毒者が増え苦慮していたのだ。

元々阿片は、鎮痛、解熱、麻酔、睡眠薬として医師の専管物だった。蘭学者シーボルトが医薬品として持ち込んだものだった。

吸引する事により、夢みるような桃源郷にさまよい恍惚感と魔性に溺れる。一度味わおうものならその快楽は後を引き、嗜好性、耽溺性、習慣性の奴隷となり、これが命取りとなるのだ。

もし阿片が切れると死ぬ苦しみを味わうことになる。身体中に悪寒が走り、冷や汗が噴き出し、死人のように蒼ざめて言葉も満足に喋れなくなる。身体中の骨が軋み、ワナワナと痙攣でのたうち回るのだ。

当時幕府は鎖国令を布き、港を閉ざしていた。が、肥前・長崎において清国とオランダに限り貿易を許していた。

幕府もこの阿片の知識は〈オランダ風説書〉によって海外の情報として得ていた。清国民の四分の一が阿片中毒に陥っていたといわれ、幕府は阿片の呪縛から逃れられない現状を知り、この亡国の因(もと)を何とか阻止しようと躍起になっていた。

二

早朝、庭で日課の素振り千回、打ち込み千回の鍛錬中、裏木戸を開けて伊之助の扁平(へんぺい)な蟹面(かにはよ)がひょっこり顔を覗かせた。

「旦那、お早う御座い。ご精が出やすね。さっき桜湯で耳よりな噂を聞き込みやしてね。早速旦那にお知らせをと思いやして、へえ」

「ほう、汗を拭きながら聞こう」

井戸端へ向かう龍三郎の後ろを、伊之助が髪結い用の岡持ちを提(さ)げて続きながら、頭上を見上げて呟いた。

「へえ～、桜の花が見事に咲きやしたねえ。もう春かぁ」

「何だ伊之、オメエらしくもねえ。溜息なんぞ吐きゃあがって」

「へえ、実は……あっしの嬶ァに間男されやしてね。今朝方、叩き出してやりやした。あっしが髪結いの仕事で出払ってる隙に、仲居で働いてた水茶屋で粉掛けた極道息子を引っ張り込みやがった」

握った拳を歯で噛んで、悔しそうな無念の表情になって呟いた。

「ふ～ん。伊之、そんな女に未練を残すな。よ～し、深川八幡の裏店だったな、丁度いい潮時だ。俺んとこに引っ越して来な。俺も何かにつけて、オメエが傍にいてくれれば都合がいいってもんだ」

それには曖昧に、へえ、と答える。伊之助が井戸の釣瓶から汲み上げた水が桶から溢れた。

「旦那、お背中を拭きやしょう。毎朝、凄え稽古なんですねぇ！」

「どうってことぁねえ。やらねえと気持ち悪ィや」

「そんなもんですかねぇ？」

「おい、ところで耳寄りな話ってのぁ何だ？」

「あっ、すいやせん。今朝がた、桜湯であっしが目を掛けている三助の弥八って野郎に聞いたんでやすがね。ほら、桜湯を出た真ん前に〈桜茶屋〉って茶店がありやすよねぇ。そのよしず張りの陰で、与力の磯貝様と、左頬に傷のあるやくざ者らしいのがこそこそ話し合っていたのを見掛けたらしいんでさぁ。弥八が一服しようと茶を飲んでひと休みしてるてぇと、この間あっしが弥八の耳に入れといた、後ろ首の耳下にデケェ黒子が目立つ人相書きの土蜘蛛の源造とやらと、磯貝様が……。何やら懇意な様子に見えたらしいですぜ」

「ふ～ん、間違ぇねえんだな、その三助の云う事ぁ」

「へえ、磯貝様はいつも糠袋で背中をお流ししているし、その土蜘蛛の源造らしい奴は、あっしに訊いた通りの目印が目立ってたとかで。あの優しそうなおっとりした感じの与力の旦那は磯貝様に見間違ぇる筈はねぇと威張ってやしたぜ」

（磯貝三郎兵衛が、土蜘蛛の源造と……？）

　しかしまさか？　播磨屋の主人とは懇意に付き合っていたはずなのに、何故？　昨日も敵討ちを仏に誓っておられた。

　北町奉行所の与力と、今江戸庶民を震え上がらせている凶賊鴉一味の手下が、茶店で話などは信じられぬが……。

（これは見過ごしには出来ぬ、いや、そんなはずはあるまいが……。念のため洗ってみるか）

「伊之助、手掛かりになるかも知れねえ。いい話を聞かせてもらった」

「これからどうしやしょう？」

「そうよなぁ……よし、桜湯のおセイは俺に色目を使って触れなば落ちんて風情なんだ……言い含めて、それとなく探ってみてもらおう。源造と与力の磯貝とはどう関わってやがるのか、どんな魂胆があるのかって事をな。深入りしねえでいいからって念押ししておけ、間諜みてぇな仕事を頼んで済まねぇが、ってな」

「へえ、承知しやした。旦那、月代は当たりやすかい？」

「いや、面倒臭え、明日やってくんな」

「けど、お稽古で乱れてやすぜ。いい男が台無しだぁ」

「そうかい？　じゃ頼まぁ」


半刻（一時間）後、奉行所の門を潜った龍三郎は、その足で拷問蔵へ顔を出した。木鼠の吉五郎に、今日〈釣るし責め〉の拷問が行なわれると聞いていたからだ。

笞打ち、石抱き、海老責めの三つの牢問を経ても自白しない吉五郎に対して、最後最強の拷問たる釣るし責めが行なわれる。素っ裸に剝かれて両手を後ろに縛り、天井から下がる鉤に綱を引っ掛け、躰を宙に釣り上げそのまま数刻放っとかれるのだ。身体中をキシキシと襲う痛みは空前絶後の痛みだそうな。

吉五郎は、痛みを我慢することなく、餓鬼の様に恥ずかし気もなく泣き叫ぶ。

「ワアッ、痛えよう〜、助けてくれぇ〜」

磯貝三郎兵衛が下から見上げ、仏のような顔付きと猫撫で声で箒尻で引っ叩く。

「吉五郎ッ、勘弁して貰いたかったら吐きな。早く楽になるんだ。オメエが盗ったんだろ？　さぁ、どうだ！」

今や龍三郎の興味は、吉五郎よりも責める磯貝三郎兵衛だった。思わず知らず磯貝の顔を注視していた。奉行所内では、吟味方筆頭与力としての真摯な顔を見せ務めに励んでいるのに、裏では凶賊鴉権兵衛一味と結託するなどそんな悪辣な所業をやれるものだろうか。

「だ、旦那ァ、あ、あっしは知らねえ、知らねえよォ。ワアッ、イテテテ、痛え〜」

息も絶え絶えながらも、何とこの痛みに吉五郎は耐え抜いたのだ。

この釣るし責めを持ち堪えた伝馬町牢内での吉五郎の人気は高まり、釜茹での刑の石川五右衛門に匹敵するような英雄扱いを受け、牢内の囚人たちから讃美されたそうだ。それに引き換え、奉行所の面目を潰されたと思い知った榊原忠之は、遂に堪忍袋の緒が切れて、老中に、〈察斗詰め〉の裁可を求めた。

この察斗詰めというのは、犯行が明白であり、確固たる証拠・証言がある場合、下手人の自白を得ずとも老中の裁可を得た上で処刑出来るという制度であった。町奉行所でこの察斗詰めを行なった例は極めて稀で、享保以後わずか二人に過ぎないという。しかし、足掛け三年に及ぶこの二十七回目の拷問にも耐え抜いている木鼠吉五郎には、業を煮やして遂に、獄門磔の死罪が挙行されたのだ。

最後まで拷問に屈しなかった吉五郎は獄門磔の処刑の当日、牢内の役付きの者どもから、最期を飾るべく、新しい麻の帷子に新しい汗襦袢と新しい帯と白足袋が添えて贈られた。その晴れ着を身につけて牢から牽き出されると、それを見送る囚人一同は、『日本一!』『親分!』『石川五右衛門!』とあらゆる誉めそやす声々をその後ろ姿に浴びせたのだ。

吉五郎本人の希望で薄化粧をして口には紅を差し、縮緬青梅の羽織、黄色の帯に黒の腹巻姿で、歌舞伎役者を彷彿とさせるいなせな格好で裸馬に乗せられその市中引き廻しの行列は十重二十重の野次馬が引きも切らず、三年の拷問に耐え抜いた大泥棒という評判で人気者になってしまった。

龍三郎としては、切歯扼腕するばかりだ。三年前、自分が捕縛などせず躊躇なくぶった斬っておけばこんな手間をとらせず、罪人を英雄扱いになどさせなかったものをと。ホゾを噛むとはまさにこの事だ。

刑期を終え解き放たれた囚人たちの口から口へ伝承され、江戸中に木鼠吉五郎の勇名を轟かせる結果をもたらしたのだ。その分、北町奉行榊原忠之は裁きの汚点を残すことになった――。面子を失ったのだ。

隠密廻り同心として、お奉行から斬り捨て御免の認可状を頂戴している身としては、遠慮する事はない、『悪党どもはぶった斬る』と、新たに決意を心に刻み付けた忘れられぬ一件となった。

盗賊木鼠吉五郎は、品川大井に在る鈴ヶ森刑場で処刑された。ここでは慶安時代の天下転覆の叛乱事件の首謀者の一人、丸橋忠弥や元因幡藩士の辻斬り浪人平井権八、付け火の八百屋お七、白子屋お熊、怪盗鼠小僧次郎吉らが、それぞれ処刑されている。寛政十一年から、二百二十年に亘っておよそ十万人から二十万人の罪人が処刑されたという。

刑場は間口四十間（約七四メートル）、奥行き九間（約一六メートル）あった。竹矢来を囲んで野次馬が重なり合い集って、江戸町衆の噂の種となったのだ。

三

木鼠吉五郎が処刑され七日ほど経った頃の暮れ六つ(午後六時)、龍三郎が上野不忍池畔の料理茶屋〈藤よし〉の奥座敷で、鴨鍋をつつきながら一献傾けていると、お藤が小走りに来て障子を開けた。

「龍さん、伊之助さんが、今……」

「おう、そうかい、通してくんな」

盃を一気に呷ったその時、裏庭の枝折り戸を開けて縁先に伊之助の蟹の顔が小腰をかがめた。

「おう、どうしたい? 血相変えて」

「旦那、見付けやしたぜ、とうとう……土蜘蛛の源造の隠れ家を!」

その顔は得意げに小鼻がぴくぴくひくついている。

「ふ〜ん、こちとら、不忍池の夜桜を見物しながら、乙な気分で一杯やっていたが、住まいが分かったとあっちゃぁ、行かざぁなるめえ」

「何を気取ってるんですよォ？　旦那ァ。土蜘蛛の源造、さすが、聞きしに勝る身軽さですぜ。韋駄天の異名をとるあっしですが、思わず追い付けねえかなと心配(しんぺえ)したくれえで。宙を飛ぶような早足ですねェ。いえね、両国の人混みの中で見付けやしてね、早速後を尾(つ)けたんでやすが、その早え事早え事」

「ふ～ん、蜘蛛と蟹の追っ駆けっこだな、そりゃ。で、蟹が勝ったって訳だ」

「何をぶつぶつ云ってるんですよ、旦那ァ。酔っ払ってるんですかい？」

「いやいや、こっちのことだ。で、どこだ、その蜘蛛の住み家は？」

「へえ、神田明神(かんだみょうじん)下辺りの長屋でさぁ。障子に穴開けて覗いたら、浪人二人と剣呑(けんのん)そうなやくざっぽいのが三、四人、ごろごろしてやしたぜ。奉行所に知らせて来やしょうか？」

「要らぬ事だ。春の宵をそぞろ歩きで小半刻、丁度いい酔い覚(ざ)ましにならぁな。じゃあ、出掛けるか！」

　云って立ち上がり、床の間の刀架から胴田貫を取って帯に手挟む。

　脇差(わきざし)はいつも腰に帯びている、武士の心掛けは、たとえ酒を呑んでいても忘れてはいない。

調理場の暖簾を分けて顔を出し、板前の文治に、

「おぅ文の字、チョイと出掛けるぜ。お藤にそう云っといてくんな」

「あぁ旦那。女将さん、菊の間の大事なお客さんで手が放せねえんで、すんません、申し伝えておきやす」

「頼んだぜ」

〈藤よし〉の格子戸を開けて表へ出ると、生暖かい春の夜風が柳の枝を揺らし、ほろ酔いの頰を撫で気分も良い。池の畔には夜目にも白い桜並木が望め、石灯籠の灯りに照らされていい風情を醸し出している。夜桜見物の善男善女が提灯を提げてそぞろ歩いている。思わず龍三郎は、謡曲のひと節も口ずさみたくなる気分になった。しかし今から、悪党どもの隠れ家を襲撃するのだ、乙な気分に浸るなどというのは似つかわしくない、と気を引き締めた。

龍三郎が歩く時は左肩が下がっている。大小二刀の重みで自然とそうなる。その重さを腰で支える為に、右足より大きくなった左足を引き摺るような歩き方になっていた。だから左の雪駄だけ引き摺ってチャラチャラ鳴るのだ。

ほろ酔い気分の龍三郎は懐手で、伊之助も片手で懐を押さえ、提灯提げて一路、神田明神下長兵衛長屋を目指した。

「おい、伊之、オメエ懐ん中に鎧通し（よろいどおし）をしのばせてやがるな。ここは黙って手を出すんじゃねえ。高みの見物と洒落（しゃれ）ていな。オイラに任せとくんだ、分かったな！」

「へえ、でも相手は六、七人は居（お）りやすぜ。それに旦那は今日、ご酒（しゅ）を召し上がっていなさる」

「こういう時の方が調子がいいんだよ、俺ぁ」

「さいですかい。コイツの出番はねえってこってすね」

伊之助は懐中から手拭いで畳んで間に挟んだ鎧通しを取り出して眺め、残念そうにうそぶいた。掏摸（すり）上がりとはいえ、こいつも肝が据わっていやがると龍三郎は安心した。今から、悪（わる）の溜まり場に乗り込むのだ。

――やがて、神田明神下、長兵衛長屋。

伊之助が先に走り、右側四軒目の腰高（こしだか）障子の前で立ち止まり、先刻、舐（な）めた人差し指を突っ込んで開けた穴から覗き込む。忍び足で戻り声を潜めて云った。

「旦那、居りやすぜ、奴らも酒盛りの真っ最中でさぁ」

「ふふふ、いい勝負だな。よし、引っ張り出せ」

「へえ、合点（がってん）承知！　チョイと待っておくんなさい」

伊之助が生唾呑み込み意を固め、障子戸をすぅ〜と開けて、首を伸ばした。

「え〜、こちらは土蜘蛛の源造さんのお住まいでござんすね？」

伊之助の声はかすれていた。途端に室内には冷たい殺気が流れた。

「誰だテメエは？」

源造が飲みかけの猪口をそっと盆に置き、押し殺した声音で訊いた。

片膝立てた源造の手は既に懐に入っている。

「へえ、伊之助ってケチな野郎で。兄さんとは桜湯の向かいの茶店で何度か……」

「何を？　……何の用でえ」

「へえ、表に八丁堀の旦那がお待ちで。チョイと顔を貸してやっておくんなさい」

「野郎ッ！」

六人の男達が一斉に立ち上がった。大刀を握った浪人が二人、あと四人はやくざ者だった。

長脇差と、匕首を抜いた奴が二人、伊之助目掛けて殺到して来た。

伊之助、三十六計逃げるに如かずと、どぶ板踏んで横っ飛びに走り、長屋の入

り口で懐手で待つ龍三郎の背中に縋り付いた。龍三郎が振り返ると、

「誰だテメエはッ！」

　追い掛けてきて、たたらを踏んで立ち止まった源造が訝し気に訊いた。

　龍三郎がボソリと云った。

「おい源造、見忘れたか、いつぞや酒井出羽守下屋敷の賭場で会ったじゃねえかい、覚えてねえか？」

「おう、あん時の……」

「思い出したかい。テメエたち皆んな、鴉権兵衛一味だな！　叩っ斬りに来た、何処で死にてえ」

「洒落臭え。付いて来やがれッ」

　──神田明神境内。もう五つ半（午後九時）を回ったか？　人影はない。

　石灯籠を背に龍三郎が向き直った。周りを囲む七人の鴉一味。

　殺気の立ち籠めた七対一の空間に、緊迫の見えない糸が張っていた。龍三郎は
それぞれの険相を見遣りながら思った。

（又何処か大店を狙って押し込む算段でもしていやがったのだろう）

相手にされない伊之助は一人ぽつねんと離れ、石段の上で腕組みなどして云われた通り高見の見物と洒落ている。

突然それは峻烈な怒声で始まった。

「野郎ッ！」

龍三郎の左右から同時に、匕首構えたやくざ者が二人突っ込んで来た。石灯籠の灯りに反射して刃がギラッと光った。鯉口切った愛刀〈肥後一文字〉が鞘走り、右の奴の頸元を袈裟懸けに斬り払った。

断たれた首が一間ほど宙空を飛び、血が噴き上がった。男は、ヨロヨロと首のないまま二足、三足歩いて崩れ落ちた。左から突っ込んだ奴は左首筋から斜めに断ち割られ、両手が前をまさぐりながら龍三郎の足元に斃れた。

あまりの早業に残りの五人は息を呑んで立ち竦んでいる。

二人の浪人が懐手を解いて、のっそりと龍三郎に近付いた。腕に覚えがあるのだろう、自信あり気だ。

「先生ッ、お願ぇ致しやす」

源造がおもねるように、けし掛けるように云った。

六尺を越す大男の浪人が、スラリと抜刀した。柄の長い薩摩拵えの豪刀だ。右肩上方高くに構えた。無言である。

「見たぜ。オメエさん薩摩示現流だな。蜻蛉の構え、初めて見せて貰った」

　さすがの龍三郎もシンと醒めた。酔いは飛んだ。

　左足を前に出し、剣を持った右手を耳の辺りまで上げて、左手を柄尻に添える八双の構えに似ているが、もっと上方に引っ張られるように、まるで少年がトンボやセミを摑まえるため鳥モチを塗った竿を構えるように、剣先は天を指している。その上、刀の刃を己の躰の外側に向けて置き、捻り打ちに打ち下ろすため数倍の力が加わるのだ。

　恐るべし示現流！

『一の太刀を疑わず』又『二の太刀要らず』と云われ、髪の毛一本でも早く打ち下ろす『雲耀』の太刀を教えられる。初太刀から勝負の全てを賭けて斬り下ろす先手必勝の鋭い斬撃が特徴だ。

　龍三郎はダラリと右手だけで、地摺り下段にさり気ない構えで隙だらけに見える。数瞬の睨み合い、浪人の身体が膨らみ、機は熟したかに見えた。

「チェーストッ！」

　奇声を発し三間の間合いを一気に詰めて、裂帛の気合で殺気を孕んだ刃風が龍三郎を襲う。

（受けたら刀が折れる……）

五尺ほど飛び退いた。息つく暇も無く、二の太刀、三の太刀が左、右と襲ってくる。間合いに入った龍三郎は腰を沈めて横一閃、胴を薙ぎ斬った。上段からの斬り込みは胴から下はがら空きだった。バサッと着物が裂けて、浪人は信じられぬ表情で己の臓物が腹から溢れ出るのを見下ろしながら、膝が崩れ、頭から地面に突っ込んで息絶えた。

もう一人の痩せ衰えた凄愴な感じの浪人が、

「チェーイッ」

とこれ又示現流独特の甲高い喊声を上げて斬り込んできた。避ける間がなかった。

ガチッと刃が嚙み合い、闇の中に青い火花が散った。思わず受けて鍔競り合い――一尺と離れぬ間合いで殺気で血走った眼が睨んでいる。ぎりぎりと押し合った。

背後からの気配に、鍔競りの浪人の足を絡めて後ろへ押し倒し、返す刀で振り向きざま、後ろから突っ込んで来たやくざ者二人を、右袈裟、左袈裟で叩っ斬った。一人の長脇差を握ったままの腕が宙を飛び、もう一人は右鎖骨から心ノ臓まで斜めに斬り割られ、滝のように血を流しながら立ったまま死んだ。肩から下の右腕を斬り飛ばされたやくざ者は、

「ギャ～アッ」

と絶叫を上げながら噴出する血を止めようとでもするように左手で肩を押さえ、無くなった分身を求めて地面を転げ廻っていた。すぐに全身の血を失って息絶えるだろう。

「死ねッ！」

声と同時に、足絡みで倒した先刻の浪人が大上段から捨て身で振り下ろしてくるのを、がら空きの胴を横へ擦れ違いざま、斬り払った。

刀はあばら骨を数本断ち切り左脇腹を抜けた。その浪人が、

「おのれッ」

と体を唸って振り返り、再び大刀を振り上げた時には、クニャッと上半身と下半身は別々の方向を向いて二つに裂けて前後に倒れた。一刀両断したのだ。胴は背骨だけ、容易に刀は断ち割る。恐るべき胴田貫の斬れ味！

下半身と離れ、地に落ちた上半身だけが、まだ土を掻きむしりながら虫のよう

にうごめいている。三つ数える内に、その動きも止まった。

残ったのは土蜘蛛の源造ひとり――。蒼白な顔で立ち竦んでいる。

「おい源造、どうする？ 命が惜しかったら、もう止めときな。親分の鴉権兵衛は何処だ。隠れ家へ案内しな」

源造は視線をちらちらとさまよわせ躊躇っていたが、いきなり匕首を投げ付け、石灯籠の陰の暗闇に飛び込み姿を消した。その素早い身ごなしに、石段を駆け下りて追おうとした伊之助も間に合わなかった。

「畜生ッ、すばしっこい野郎だ。あっしの足でも敵わなかったぃ」

龍三郎は虚しい溜息を吐いた。

伊之助が駆け寄った。うわずった声音が震えていた。

「旦那、恐ろしいものを見せて頂きやした。凄ぇもんですねえ」

鹿のなめし革で血塗れの刀身を丁寧に拭いながら龍三郎は呟いた。

「源造の野郎を逃がしちまったなぁ、惜しいことをした。まぁ仕方がねえ。伊之、御苦労だが、ひとっ走り北町まで知らせてくれねえか？ 俺は疲れた……」

「へえ、お安い御用で、じゃ早速！」

あっという間に居なくなった。韋駄天の伊之助の真骨頂だ。

（刀を研ぎに出さなきゃいけねぇな、これだけ人を斬っちまったんだ）

刃と刃がぶつからぬように峰に返して受ける鍛錬もしているが咄嗟の斬り込みには思わず刃で受けてしまう。先ほどの示現流を使う浪人との鍔競り合いで刃こぼれしていた。刀は、折れ、曲がるものなのだ。いつもの刀研ぎ師〈研ぎ貞〉に頼む積もりで、日本橋中橋広小路町に足を向けた。

龍三郎の注文は、寝刃を合わせ、荒砥や砂で刃に粗目を付け、切れ味を尚一層鋭くする、只々実戦を重んじる研ぎ方なのだ。そして刀身の地鉄、刃紋の見所を良く見えるように研ぎ上げるのだ。十日は掛かるという。それを三日で仕上げてくれ、と強引に頼み込んだ。出来上がりまでは、無銘の刀を帯びるより仕方あるまい。

『弘法筆を択ばず』ではない。筆は択ぶのだ。鈍刀は矢張りなまくらだから。

因みに、後世明治二十一年に明治天皇行幸の御前で警視庁師範・鏡新明智流の名手逸見宗助と上田馬之助の二人が刃筋を滑らせ、刃曲がりを生じて失敗した後、直心影流を修め、幕府講武所教授方を務めた名手榊原健吉が魂魄の気合と共に南蛮鉄の桃型兜を斬り下げた。刀身は六寸五分も鉄を断ち見事に兜を斬り裂いたという。

健吉の技と胴田貫の鍛えの業が渾然と一体化した瞬間に、奇跡が生まれたのだ。驚嘆された明治天皇からこの偉業に対し報奨金が下賜(かし)されたという。

龍三郎は胴田貫の脇差一口(ふり)を帯に差し、疲れた重い足取りで〈藤よし〉へ向かった。人を斬った後はいつも気が重くなる。お藤に抱いてもらいたかった。

四

桜の花も散って、『目に青葉、山ほととぎす初鰹(がつお)』と、江戸っ子の好きな爽やかな皐月(さつき)(五月)を迎えた。風薫る季節だ。

しかし爽やかどころか、寒気を催し総毛立つような凶行が勃発した。

又もや鴉権兵衛の押し込みだった。いつもの如く一味の仕業だと誇示すべく、あざ笑うような真っ黒の烏を描いた紙片が柱に小柄で突き刺してあったそうだ。

そして墨痕(ぼっこん)鮮やかに『娘の遺恨覚えたか』の紙片が匕首で、合言葉のように、どら息子の心ノ臓に突き立てられていた――。

江戸中が震え上がった。

その非難の矛先(ほこ)は奉行所に向けられた。

今度は、小石川・根津の米問屋上総屋彦右衛門――。又々目を覆う惨劇であったらしい。

天保の大飢饉と言われた天保四年（一八三三）以来の米の不作は相場の高騰を招き、餓死者が相次ぎ各地で百姓一揆や打ち壊しが頻発した。米問屋は米価吊り上げを狙って蔵に積み込んだ米を出さぬため、町民の怨嗟の声は暴発し米問屋を襲い略奪を繰り返していた。

米を溜め込んだ上総屋はその町衆たちの不穏な動きに身を潜めていたが、打ち壊しより先に鴉一味に襲撃されて金蔵の千両箱をかっ浚われ、一家惨殺という憂き目に遭遇してしまったのだ。此処でも、与力磯貝三郎兵衛が陣頭指揮で務めを果たしていたらしい。龍三郎は検分には顔を出さなかった。

一度播磨屋の無残な凶行を見たので充分だった。脳裏に焼きついて離れなくなる……。

〈藤よし〉の離れで肘枕で横になり、不忍池を眺めながら煙草を吸っていると、伊之助が息せき切って駆け込んで来た。

「旦那、大変だッ。桜湯のおセイが殺られやしたぜ」

「何ッ！」

煙管を灰吹きにポンと叩き煙草盆に投げ捨てて、むっくりと起き上がった。

「すぐ近くでさぁ。永代橋の袂、大川に土左衛門で上がりやしてね。胸をザックリ抉られてやした」

「オメエ見て来たのか」

「へえ、朝っぱら、まだ五つ（午前八時）前でさぁ、深川から永代を渡って八丁堀へ行く途中でやした。橋の袂で人だかりがしてるんで、あっしも人の後ろから背伸びして覗いたんでさぁ。驚きやしたねぇ、桜湯の湯女のおセイじゃ御座んせんかい。轟の旦那が検視してやしたがね。ああなると、洗い場で、赤ぇ長襦袢をたくし上げて見えるふくらはぎや太腿は色っぽいが、あの青っ白い突っ張った足は御免だねェ。心の臓辺りをザックリ抉られてやした。乱れた長ぇ髪の毛が頰っぺたや首に巻きついていてねえ、ウゥッ、夢に出てきそうだ」

早口で喋り捲る伊之助を龍三郎は手で制して云った。

「おぅおぅ伊之、まぁ落ち着きな。オメエ、どうやっておセイを焚きつけた？いや、どう云って与力の磯貝に近付けた？」

「へえ、旦那のお指図通り。磯貝与力を色気でたらしこんで出会い茶屋で逢う段取りまでは整えたと、二、三日前に得意げにあっしに云っておりやした。そこで土蜘蛛の源造との関わりをさりげなく探ると意気込んでたんで、ごり押しはするなよとは釘を刺しといたんでやすが……。結城の旦那の頼みじゃあたしゃ命を張ってでもやるよ、って張り切ってたんでござんすがねぇ。可哀そうにあんなザマになりゃぁがって……」

伊之助は握り拳で鼻水を啜り上げた。おセイとは軽口を叩きあって戯れ合う仲だったのだ。

龍三郎の腹の中は、自分自身に対する怒りで煮えくり返っていた。己の頭をぶん殴ってやりたい気分だった。おセイの自分への好意を利用してそれを道具に間諜のような真似をさせて磯貝に近付け、あたら若い命を奪う元凶としてしまったのだ。

（おセイ、済まねえ）瞑目して心中で手を合わせた。

想い出すのは、洗い場で無理やり龍三郎の背を流しながら、

「ねぇ旦那ァ、一遍だけでいいから抱いておくれよォ〜。いいじゃないか、減るもんじゃなし……」

「莫っ迦野郎、そりゃ、男が女を口説く時に使う台詞だ」

「うう〜ん、ケチッ、憎たらしいねぇ〜」

「アイテテ、止せよ、オメエはすぐ抓るなぁ、悪ィ癖だ。青あざになって残っちまったらどうするんだよ」

「ウフフ、のろけの種にすりゃいいじゃないかァ。あっそうかァ、いい女性にバレちまうからだろ？　ザマァ見ろ、いい気味だ」

二つ、三つ歳上だろうか、男勝りの、純な心根の持ち主だった……。

「伊之、出掛けるぜ、八丁堀だ。付いて来な」

「へえッ、おセイの仇を討つんでござんすね」

「検視は轟大介だと云ってたな」

「へえ、さいで」

「お藤、出掛けるぞォ、朝飯は要らねえ」

調理場へ怒鳴って、着流しに研ぎ上がったばかりの胴田貫の大刀と脇差を手挟み、素足に雪駄を突っ掛け、〈藤よし〉を飛び出した。

その後ろを岡持ち提げて朴歯の高下駄をカランカランと音立てて伊之助が続く。韋駄天用の草履は髪結い道具と一緒に岡持ちの中だ。

龍三郎は桜湯へ出勤する伊之助とは、呉服橋際で左右に分かれて、北町奉行所同心部屋へ駆け付けた。

おセイの噂で持ち切りだった。皆一度は、背を流してもらったり、着付けを手伝ってもらったり、中には床を共にした者もいるのだろう。

又もや、輪の中心は同心轟大介、身振り手振りよろしく、今朝の検視の結果を皆に聞かせている。

「ありゃぁ、匕首の抉り傷だな、刀じゃねえ！　それに殺る前にかなり手酷く焼きを入れられたな、あの腫れ上がった目の周りと頬の青あざは……どうしても口を割らねえんで息の根を止められたんだろうぜ」

「何を訊き出したかったんだ？」

「何故そんな青あざが残るほど……」

と同心たちは口々に轟に詰問した。

その時——。

冷水をブッ掛けるような大音声が響いた。

「貴様らァ、高が湯女一人の殺しに何を大騒ぎしておるのだ！　それよりも上総屋の事件が先だろう！　小石川根津権現へ急げッ！」

磯貝三郎兵衛の、筆頭与力の権力の笠を着たカミナリだった。この豹変ぶりを龍三郎は得心した。多分湯女おセイの口を割らせ、龍三郎に眼を付けられていることを承知しているのだ。矢張りこれまでの仏の磯貝与力は見せ掛けだったのだ。

他の同心たちはこの変貌ぶりに唖然とし、信じられない顔付きだった。あれほど職務に忠実で、若い同心たちの面倒見の良い上役が、何を焦り焦りと癇癪を起こしているのだろうか、と。お互いその剣幕に戦々恐々として、

「ハッ、申し訳御座いません」

と、一斉にてんでんばらばらに散って行った。

一人残った龍三郎は柱に寄り掛かり懐手で顎を撫でながら、磯貝の顔を注視した。

(こいつは鴉一味とどう繋がってやがるのか？　それともう一つ鳴海屋の一件)

あの時、妹のおさちが云っていた『いつもニコニコとお優しい感じのお侍様で御座居ましたが』という証言は腑に落ちる——。平時の磯貝と重なるのだ。鳴海屋の跡取息子に阿片を売り付け、一家壊滅、没落の因を作ったのは磯貝ではあるまいかと疑念を抱いた龍三郎の思惑は的を射ていたのかもしれない。

(こいつは俺に眼を付けられたのに勘付き、化けの皮が剝げたのを悟ったのだ。昨夜あたり、出会い茶屋でおセイと会っていた筈だ。二人の間にどんな話が交わ

されたのか？　おセイを責める言葉の端々から、陰で操る俺の存在に気付き源造に始末させたのだ。しかし土蜘蛛の源造がどう関わってくるのか？）

「結城、わしの顔に何か付いているか？」

いつもは柔和な眼尻の下がったあの仏の顔が、今や般若の面に変貌している。額の狭い癇症の強い顔で云った。吊り上がった狐の様に細い眼の目尻がぴくぴくと引き攣っている。

「いやいや、磯貝殿もおセイにはお身体を洗ってもらったのではないのですか？　哀れとはお思いになりませぬか！」

「何をたわけた事を。貴様も早く現場へ飛べッ」

言い放って足音荒く廊下を蹴って歩き去った。磯貝三郎兵衛も最早なりふり構っては居られないのだ。仏の正体見たり、だ。

龍三郎も痛感した。これが目明しや下っ引きの配下を持たぬ悲しさか、と。

奉行所の笠を着て、これ見よがしに十手を振り回し、おおっぴらに聞き込みが出来ない歯痒さを痛感したのだ。隠密廻り同心の龍三郎としては、せいぜい廻り髪結いの伊之助が、座敷に上がり込んだ得意先での噂話に耳を傾け、これはという情報を摑んでくるまで待つほかはないのだ。

（よし、こうなったら俺のやり方で、何としても土蜘蛛の源造を取っ捕まえて、少々手荒かろうと、俺流のシバキに掛けて泥を吐かせてやる！　磯貝との関わりを吐かせるのだ。それが鴉権兵衛一味の悪事を暴くことに繋がるのだ。）
決意も新たに龍三郎は己に誓った。

翌日から龍三郎が、鵜の目鷹の目で両国広小路、浅草寺、本所回向院、深川門前仲町、吉原まで、江戸でも指折りの盛り場と云われる場所を一日中足を棒にして歩き回る姿が見られた。土蜘蛛の源造だけが、鴉権兵衛一味と磯貝三郎兵衛に辿り着く唯一の道だ。ほかには手掛かり無し。

しかしただ闇雲にほっつき歩いても、百万の人が住む江戸の中からたった一人の悪党を探し出すのは、砂の中から小石の粒を探すようなもので無益な事かも知れぬ。だが探し歩かねば、見付けねばの焦燥感が、龍三郎を駆り立てた。

一度見たら人の顔は忘れぬが、あの賭場で、過日神田明神境内で殺り合った時のあの歩き方や、特徴的な身のこなし——。伊之助にも神田長兵衛長屋の裏店を探らせたが、すでにもぬけの殻となって、誰も寄らず行方知れずとなって糸は切れた。

伊之助も又、廻り髪結いとして、武家屋敷から、商人のお店、出会い茶屋、遊郭、と手当たり次第、その髪結いの特技を生かして嗅ぎ回った。しかし、按摩治療のように笛を吹いて、向こうさんから、

「按摩さ～ん、チョイとうちへ上がって揉んでおくれェ」

とは呼ばれないのだ。お得意さんの戸を叩き、

「え～本日は髪結いの御用は御座いませんか？」

と御用伺いをして回るのだ。まどろっこしい聞き込みだった。

無為に半月の日にちが過ぎ去ったある日、〈藤よし〉で板前の文治が拵えてくれた朝餉をお藤の甲斐甲斐しい給仕で掻っ込んでいる時だった。

韋駄天の伊之助がつむじ風のように駆け込んで来た。縁先にしゃがみ込んで、珍しく息が弾んでいる。

「旦那ァ、月の内、何日が役宅で何日がこっちか決めといておくんなさいよ。あっしはあっちィ行ったり、こっちィ来たり忙しくていけねえ」

役宅で、通いの女中のお里が拵えてくれた干物の焼き魚と、漬物と、蜆の味噌汁だけの味気ない朝飯より、こちらの方が数倍旨いのだから仕方がない。

「伊之、オメエも韋駄天と異名を取った強者だ。八丁堀と上野を行ったり来たり

なんざァ、朝飯前だろうが……おっ、朝飯、俺と一緒に喰っていくかい？　そうか、要らねえか。……だからこの間から俺が、俺の組屋敷へ移って来いって云ってるじゃねえか、女を連れ込んだってどうってこたぁねえんだよ。同心仲間の借家の連中は皆んなやってるぜ」

「そう云われちゃ、身も蓋も御座んせん。そんな事より旦那、土蜘蛛の源造が吉原に現われやしたぜ」

「何を……！」

思わず膳の上に箸を置いた。

（俺があれほど足を棒にして江戸中探し歩いたのに……）

傍で世話を焼くお藤が、お櫃から碗に飯をよそっていた手を止めて訊く。

「あらお前さま、もう御膳はいいのかい？」

『旦那』から『龍さん』、『龍さん』から『お前さま』に呼び方が変わってきた。お藤も、お藤なりに武家の内儀になろうと努めているのだろう。伊之助はそんなことには気付きもせず、重ねて身を乗り出して云った。

「いえね、コン処、あっしが吉原で懇ろになってる女郎のお秋って女が、二、三日前に源造の敵娼を務めた事があったらしいんで、へえ」

「何故源造と分かった？」

「へえ、一つは右耳の後ろっ首の黒子と左頬の刀傷。も一つは……こいつが肝心なんで。裸になったその背中一面に、巣に引っ掛かった蝶を狙う蜘蛛の絵柄の気色悪ぃ入れ墨が彫ってあったそうなんで。思わず『お客さん、これはなぁに？』って訊ねたら、『見て分からねえか、蜘蛛だよ蜘蛛。どうでぇ、見事な彫り物だろう、俺だってちったぁ知られた男なんだぜ』とか何とか、えばってたらしいんで。その上このお秋という女、桜湯のおセイには妹みてえに可愛がってもらってたとかで、止しゃぁいいのに、寝物語でこの間の大川端の土左衛門の話を聞かせちまったらしいんで……途端にその源造らしき野郎は口数が少なくなって、又、裏を返してやるからなって、泊まりは止めて帰って行っちまったそうなんで……引っ掛かりやすねぇ。へっへっへ、犬も歩けば棒に当たりやしたね。いや、瓢簞から駒かァ！」

「伊之、出掛けるぞ！　そのお秋が危ねえッ」

床の間に飾られた胴田貫を引っ摑み、腰を上げた。

「お前さま、ほんとにもう御膳はいいのかい？　まだ一膳きりだよ、お腹が減っちゃうよォ～」

というお藤の声を背に聞いて〈藤よし〉を飛び出した。

上野不忍池から浅草寺裏日本堤までは四半刻、伊之助と龍三郎の足なら、目と鼻の先だ。日本堤から衣紋坂を下り五十間で幕府公認の唯一の通路があり、〈大門〉を潜ると吉原遊郭――足抜き防止の高い塀と〈お歯黒どぶ〉に囲まれて二百五十軒もの女郎屋が見世を構えて三千人を超える遊女が毎晩男たちの相手をする隔絶された楽園があった。

辰の刻（午前八時）から亥の刻（午後十時）まで大門は開いている。

朝帰りの客が〈見返り柳〉と呼ばれる柳の下で、未練たっぷりに後ろを振り返っている。のっぺりした若旦那風の男を見ながら伊之助が呟いた。

「チェッ、見っともねえ、さっぱりしろい。こちとら、朝帰りなんざぁしたこともねえ。チョンの間専門だからな。おいらも振り返って見てえや」

「伊之、ひがむな、妬っかむな……」

間男された女房を叩き出した話を聞いているから、余計その心情が分かる龍三郎は、

「伊之、時にオメエの一日の稼ぎは幾らになる」

「へえ、一人二百五十文、月代と髭剃り、耳掃除、髪の結い直しってとこで、一日六、七人……せいぜい一朱と五百がいいとこでさぁ。ご祝儀を戴くこともありやすがね」

後ろ首を撫ぜながら照れ臭そうに云った。

「オメエも俺が諭した通り、きれいさっぱり巾着っ切りからは足を洗ってくれたな。人様の懐を狙ってりゃ、オメエほどの腕っこきだ、いい暮らしも出来たろうに、あれ以来、人差し指は曲がっちゃいねえらしいな。俺は嬉しいぜ」

「何を仰いやす。旦那のお陰でこうしてお天道様の下を誰憚ることなく大手を振って歩けるんですぜ。嬉しいのはあっしの方でさぁ。あっ、チョイとお待ちなすって、ここでさあ」

〈菊乃家〉と白抜きで屋号を染めた朱色の暖簾を、ポンと跳ね上げて中へ入って行った。声が聞こえる。

「え～、お早う御座い。髪結いの御用は御座んせんか？……おぅ、おとら婆さん、俺だ、伊之助だよ」

「嫌だよォ、伊之さん。お前さん髪結いだったのかい？　何だい、こんな朝っぱらから」

「済まねえ、チョイとお秋を呼んでくれねえかな？　八丁堀の旦那の御用なんだ」

「ええっ、お役人様の！　まだ寝てるよ、お秋ちゃんはゆんべ遅かったからねえ」

「すぐ済むんだ、おいらと同じチョンの間だぁな。ヘッヘッヘ」

「待っておくれ、見てくるよ」

　とんとんとんと階段を踏む足音に続き、暖簾を分けて出て来た伊之助が、

「あとぁ旦那にお任せ致しやすぜ」

　手に提げた岡持ちを地面に下ろし、ヨイショッ、とその上に腰掛け足など組んで、煙管にきざみを詰めて煙草を吸い出した。

　やがて、ふあ〜、と欠伸（あくび）をしながら、しどけない長襦袢姿で若い女が現われた。昨夜の名残りの白粉（おしろい）が落ちずに耳の後ろや首筋に残っている。まだ手垢の付いていない、幼さを残した遊女だった。伊之助に気がついたお秋は、ふらふらと寝ぼけまなこを掌で擦りながら近付き

「あ〜ら伊之さん、何の用だい？　こんな朝っぱらから……」

「俺じゃねえ、あちらの旦那だ」

煙管の火をぽんと掌で叩いて飛ばし、店の陰に身を寄せた龍三郎の方を指差した。手招きしてお秋を軒下へ呼んだ龍三郎を、遣り手婆のおとらの顔が暖簾の隙間から胡散臭そうに覗いて消えた。

「お秋ちゃんかい？　チョイと頼みてえことがあるんだ。オメエの、蜘蛛の彫物入れたお客さんなぁ、裏を返すって云ってたんだろ？　多分、ここ二、三日中には顔を出すだろう。そしたらなぁ、出窓の手摺りに手拭いを掛けといてくれねぇか。『今来てるよ』って合図だ。この伊之助がずぅっと下から見張ってるからな。なるべく泊まりになるよう引き留めといてくんな」

「う〜ん、でもあの人怖そうだから……」

心細そうなお秋を、傍に寄って来た伊之助が、励ますように肩を叩いて云った。

「大丈夫だ。俺がいつも下から見てるよ、安心しな」

伊之助が小鼻をうごめかして得意げに云った。

「あっ、そいからな、お秋ちゃん、オメエが可愛がってもらってたというおセイ姐さんのことぁ、おくびにも出すんじゃねえぜ」

「うん、分かったぁ、やってみるゥ……」

「済まねえな、頼んだぜ」

帰り際、何度も振り返る伊之助に、二両の小判を裸で渡しながら龍三郎が云った。

「伊之、オメエも今日から髪結いの仕事はうっちゃっといて、お秋に張り付くんだ。その間、稼げねえだろう、これで繋いどきな」

「旦那ぁ、多過ぎやすよ、あっしがこれだけ稼ぐにゃあ……」

「あって困るもんじゃねえ、いいからとっときな。いいか、今日から深川八幡の長屋は引き払って俺んところへ来るんだ。ホラ云うだろ、男所帯にウジが湧くってなァ。その方が何かと便利だろ」

「へえ、分かりやした。身一つで転がり込みやす」

二人は肩を並べて大門を潜り吉原遊郭を後にした。

五

二、三日、動きはなかった。伊之助は毎晩吉原遊郭内へ入り込んで、お秋の部屋を見張っていた。

夜、障子の灯りを見上げ、たった今お秋は他の男に抱かれていると、伊之助はどんな思いでいるのだろうか？　遊女の商売と云ってしまえばそれまでだが、龍三郎は殺生な酷な役目を命じてしまったと、気の毒に思わないでもなかった。しかし土蜘蛛の源造を取っ捕まえることが、鴉一味に辿り着くための唯一の手段なのだから――。

そして与力の磯貝とどう繋がるのかを探る為にも、伊之助には泣いてもらわねばと、心を鬼にして組屋敷で待っていた。

平目の刺身を肴に手酌で燗酒をちびりちびりと飲っていた。通いの女中のお里は伊之助の世話も焼くという事でこのところ張り切っていた。給金はちょっぴり上げてやった。

その日、雨のそぼ降る夜、戌の刻。先刻五つの鐘を聞いたばかりだ。

伊之助が袢纏を両手で拡げて頭から被り駆け込んで来た。

「旦那ッ。て、手拭いッ。合図の手拭いですぜ。さっき、お秋んトコの出窓の手摺りに掛かってやした」

「現われやがったか！　出掛けるぞ」

無意識に刀架から胴田貫を握り帯に差す。虚空を睨む眼は鋭かった。今日は着流しだけではなく、黒羽二重五つ紋の羽織を着て、神棚の三方から埃をかぶった朱房の十手を取り上げ、これ見よがしに前帯に差し込んだ。

普通、龍三郎は十手を持つ時は懐内に隠して持つのだが……今夜は八丁堀定町廻り同心として役人風を吹かせるのだ。

伊之助が三和土の隅に立てかけてあった番傘を開いて龍三郎に差し掛けてくれた。

「生憎の雨で御座んすねぇ」

「いいお湿りじゃねえか、ここんとこ毎日埃っぽくてカラッカラッだったからな」

「参りやしょう、まさか源造の野郎、あっしみてぇにチョンの間というこたぁねえでしょうねぇ。まだ手拭いが掛かってから、半刻と経っちゃいねえんでござんすが……」

雨用の高下駄を履き番傘を差して巻き羽織で、泥土が撥ね上がらぬように用心して、吉原遊郭へ急いだ。龍三郎は同心独特の着方、羽織の裾を巻き上げて、定町廻り同心になり済ましたのだ。

吉原の大門を潜り〈菊乃家〉に着く。矢張り雨のせいか遊郭も客足はまばら

だ。暖簾を分けると遣り手婆ぁのおとらが、

「これはお役人様……」

とぺこぺこと頭を下げて出迎えた。龍三郎はわざとらしく十手をおとらの目の前にチラつかせて、尊大な役人を気取って云った。

「お秋の処に上がってる野郎に御用がある。上がらしてもらうぜ、案内しな。お秋を廊下へ呼び出してくれりゃあそれでいい。伊之、オメエは外、窓の下だ」

言い捨てて二階への階段を上がる。

各部屋から、あられもない女たちの嬌声と、客の男たちの押し殺した淫靡な睦言が耳を打つ。二階の突き当たりの部屋の前で、おとらは廊下にかがみ込み、声を潜めて呼び掛けた。

「お秋ちゃん、チョイといいかい、顔を出してもらっても？」

「何でぇッ、無粋な婆ぁだな、こっちは今いいトコなんだ。邪魔するねぇッ」

うるさそうに怒声が響いた。

龍三郎がおとらを押し退けて障子を開けた。褌一丁でお秋に圧し掛かった土蜘蛛の源造が、今まさにお秋の首に両手を掛けて絞める寸前だった。

振り返った源造の背中一面には、筋彫りの糸を張った巣の真ん中に、毒々しい

朱色と黒のまんだら蜘蛛と、捕捉された色鮮やかな蝶々の入れ墨が彫ってあった。たった今の、お秋と源造そのまんまの図柄だ。

龍三郎と目の合ったお秋の瞳は恐怖に見開かれていた。

「テメエは！」

源造の歪んだ顔が歯を剝いて喚いた。

「土蜘蛛の源造ッ、観念しな！」

間髪を入れず飛び起きた源造が、敷布団の下に手を突っ込み隠した匕首を摑み出し、障子窓を蹴破って外へ飛び出すのと、龍三郎が仕込んだ小柄を投げるのが同時だった。急所を外して狙った小柄は、雨の暗闇の中に飛んで消えた。急所を狙わなくてはいけないのだ。しかし、捕まえて問い詰めねばならぬという思いが手元を狂わせた。——迷いが逃がす因となった。

座敷に踏み込んで障子窓の枠に手を掛けて外を覗く。篠突く雨に変貌していた。

凄まじい雨音、大粒の雨が軒瓦を叩く——。

軒先の瓦に足を滑らせながらも、褌一丁の源造の身のこなしは素早い。

「伊之助ッ、軒瓦だ、逃がすなッ」

龍三郎は下に向かって叫んだ。

伊之助は軒瓦を見上げながら、土砂降りの雨の中を源造を追う。その手には懐中から取り出した鎧通しが握られていた。

「婆さん、お秋を見てやってくれ」

腰を抜かして廊下にのけ反っているおとらに声を残して龍三郎は廊下を突っ走った。狭い階段を二段跳びで駆け下り土間へ。

高下駄も番傘もうっちゃって、黒足袋のまま、外へ飛び出した。

雨に煙る十間（約一八メートル）ほど先に、土蜘蛛の源造を追う韋駄天の伊之助の姿がおぼろげに見える。龍三郎も走った。バシャバシャと泥土を撥ね飛ばし、ぬかるみに足を取られ滑りながら――。

どん詰まりだ。源造は、女郎の足抜きを防ぐ為の高い塀とその前に巡らされた〈お歯黒どぶ〉に遮られた。もう逃げ場はない。追い詰めた。

息苦しいような烈しい雨の中で、源造と伊之助が睨み合っていた。源造の手には匕首が握られている。その禍々しい刃が雨を撥ね飛ばして殺気をはらんでいる。

伊之助が両手で握る鎧通しも源造の腹を狙ってピクリとも動かない。

確固たる意思が感じられた。お秋への想い、おセイの仇討ちの気が籠められていた。双方とも肩を波打たせ、ゼエゼエと息が荒い。

「伊之、バラしちゃいけねえ。オメエの気持は分かるが、取っ捕まえるんだ。退きな」

まだ強情に源造を睨んだままの伊之助の肩を押して脇へ退かした。

源造の正面に立った龍三郎目掛けて、

「野郎ッ」

と小さく呻いて源造の匕首が突っ込んできた。咄嗟に躰が動いた。右に一歩躰を沈め、源造の左脇下の脾臓を狙って猛烈な当身を突き入れた。急所を打たれた源造は匕首を落とし、白目を剝いて、お歯黒どぶに、のけ反って落ち込んだ。

「伊之助ッ、死なしちゃならねえ！」

その言葉を待つまでもなく、伊之助は鎧通しを足元に投げ捨て、ザンブと烈しい雨しぶきの立つ堀へ頭から飛び込んだ。幅三間あまりの狭い溝だ。悶絶したらしい源造の首に後ろから腕を巻き付けて泳ぎ溝端へ引き上げた。辺りを見回すと、大門の脇に構えの大きい詰め所が建っていた。

龍三郎は失神している源造を軽々と肩に担ぎ、その門番詰め所へ向かった。伊之助が鎧通しと匕首を拾い上げて、後に続く。

まだ土砂降りの雨の中を、源造を肩に引っ担いで歩く龍三郎の脇に並んで、伊之助が寒さの為か声を震わせて云った。

「旦那～、ホントのこと云うと、あっしは全く泳げねえんで……陸（おか）の上なら、脚が地に着いてさえいりゃあ、矢でも鉄砲でも持って来いってな気分でやすがねえ。ところが水ン中ときたらもう、からっきしお手上げで金槌（かなづち）みてぇにまっつぐ底の方へ潜っちまうんでさぁ」

「それにしちゃぁオメエ、今は源造の首っ玉後ろから抱えて見事なもんだったじゃねえか」

「いえ旦那に、死なしちゃならねえッ、て怒鳴られやしたからもう、無我夢中で……それに三間ぐれぇの幅で浅かったでやすからねぇ……なんとか……へえ」

「そうよ、人間死に物狂いになりゃなんだって出来ちまうもんなんだよ」

「へえ、その御言葉身に沁（し）みやした。いえ、水が沁みやし……ハッ、ハックショイ、ウゥッ、さぶッ」

大門脇の詰め所の引き戸を開けた。

十坪ほどの広さの土間に屯（たむろ）していた六、七人の荒くれ男たちが一斉に振り返った。

この吉原は、三丁（約三三〇メートル）四方に囲まれた二万坪の敷地内を、忘八と呼ばれる男たち三百人ほどで取り締まっている遊郭だった。

仁・義・礼・智・信・忠・孝・悌の八徳を失った者、——即ち忘八。

人別帳からも抹殺されたお尋ね者と呼ばれる手下達が各見世を見回り、客との揉め事・足抜け・心中・枕荒らし・廓内での密通・阿片喫煙など掟破りに目を光らせている。

この忘八達、一歩吉原の大門を出れば皆、奉行所に捕縛され、市中引き回しの上獄門磔の断罪を受けるような極悪人ばかり——ここに居る限り、大きな顔をして生きて行ける訳だ。いわば、この吉原遊郭は悪人たちにとっての駆け込み寺の様な、ぬくぬくと手足を伸ばすことの出来る場所なのだ。

龍三郎は、男たちの顔を見回して、肩に担いだ源造を土間に放り出した。

背中を打った源造がウ～ンと唸って息を吹き返した。

そこに屯していた忘八達が一斉に立ち上がった。

「何だッテメエは！　八丁堀じゃねえか。おうッ、ここはテメエたちの手の及ばねえ地獄の一丁目だ。分かって来やがったのか！」

皆んなどいつもこいつも、一癖もふた癖もありそうな悪相ばかりだ。

袖を捲り上げ左腕肘下部に入れられた前科者の証しである幅三分の二筋(ふたすじ)の蒼黒色の入れ墨を見せびらかす奴、中には額の真ん中に〈悪〉とか〈犬〉なんて入れ墨された奴もいる。次に何かやらかせば死罪の連中だろう。

「俺たちぁテメエたちに受けたお仕置きを忘れちゃいねえ。飛んで火に入る夏の虫たぁこのことだ。やっちめえッ」

蓬髪髭面(ほうはつひげづら)の大男を先頭に三人の入れ墨者が匕首や鳶口(とびぐち)を手に襲い掛かってきた。

龍三郎はここは十手を抜き、あっという間に、刀とは違う鋼鉄の棒が肉を叩き骨を砕く音させて叩き伏せた。

「ギャア〜」

と絶叫が同時に重なって沸き起こった。

あとには、肘が奇妙な格好で曲がりぶら下がった奴、折れた膝を抱えて転げ回る奴、額が割れて血をほとばしらせて唸る奴が、土間にのたうち回っていた。

手加減なしの手練の早業に、残った男たちは呆気(あっけ)に取られ、尻込みして輪が広がった。

「伊之助、手を出すんじゃねえぞ。又そこで高みの見物をしてな」

息も乱さず後ろを振り返って云う龍三郎に、恐れをなした忘八の一人が、

「お頭ァ〜！」

と叫んで、奥の座敷へ駆け込んだ。

入れ違いに、短軀ながら巌のようにがっしりした筋肉に蔽われた躰を持つ精悍そうな四十半ばの男が大刀を手にうっそりと出てきた。

「どうしたんだ、騒々しいッ！……うむ？　オメエは誰だ、何の用だ？」

「俺ぁ北町隠密廻り同心、結城龍三郎って者だ。いやな、こいつは今、御府内を騒がしてる鴉組の一人だ。ここへ逃げ込んだので追って来たまでだ。他意はない」

周りの忘八共が鴉組と聞いて、顔見合わせてざわめいた。

男は傲然と龍三郎を框の上から見下ろしながら、

「俺は鬼火の勘右衛門と言ってこの吉原内を取り締まってる元締めだ。鬼勘と呼んでくんな。そうかい、鴉権兵衛一味のなぁ……噂にゃぁ聞いてるぜ。えげつねえ盗人団らしいなぁ」

「ついてはお頭を見込んで頼みがある」

「ふふふっ、おだてるない、聞いてやらねえものでもねえ、云ってみな」

上がり框に座り込んだ鬼勘は、何か嬉しそうにニヤついて見えた。

「実は……知ってるだろうが、木鼠吉五郎を取っ捕まえたせいで三年も手こずった。野郎を捕まえたのはこの俺なんだが、ぶった斬っちまえば良かったと後悔してるんだ。吉五郎が自白をしねぇで頑張ったせいで、野郎をお江戸の人気者に仕立てちまって……二の舞は演じたくねぇんだ。そこでだなぁ、こいつは土蜘蛛の源造って鴉の一味なんだが、こいつにどうしても吐かせてぇ事がある」

「おぅ道理で。おっ怖そうなまだら蜘蛛が背中を這いずってるじゃねえか。洒落てるおアニイさんだぜ」

勘右衛門の言葉に忘八の一人が源造を蹴り飛ばして、背中を踏みにじった。

龍三郎はそれを横目に見て尚も云った。

「こいつを奉行所へ連れて行っちまったら、又、拷問蔵で吉五郎と同じ目を繰り返すことにも成りかねねえ。もうそんな悠長に待っていられねえ差し迫った状況なんだ。ここにゃぁ、折檻部屋というか、お仕置き部屋みてぇな所があるんだろ？　そこを貸してもらいてぇんだ」

「おぅ、あるぜェ〜。身の毛もよだつおっかねえ仕置き部屋がなぁ。女郎の足抜きや、心中、枕探しなんてぇ掟破りにゃあ、身体に傷をつけねえように責めるんだ。なんたって商売物だからなぁ、女郎にゃぁ傷はつけられねえ。そこがオメエっち奉行所の拷問たぁ違うところだ。どうなんだ、この野郎は傷だらけにしても、命を奪らねえ限り、責めてもいいんだな？」

「済まねえ、俺が自分で責めりゃぁいいんだろうが、どうも俺ぁ、幾ら悪党でも、泣いたり叫んだりの苦しむ姿を見るのは性に合わねぇんだ。ゾォ〜と総毛立ってなぁ、その場に居たたまれねぇんだ。俺の一番弱いトコロよ。嫌なことを押し付けるようだが、俺の代わりに引き受けちゃぁくれめえか？　どうしても吐かさなきゃならねえ事があるんだ」

「おぅ、いいともよ。こいつらもこの大雨で見回りも何もやることがねえ。退屈で身を持て余していただろう、いい慰めになるぜ。……ついちゃあ旦那、こいつらに山吹色した、いい匂いのおアシを一、二枚恵んでやっちゃぁくれめえか？」

「おお、いいとも」

ずぶ濡れの着物の懐中から紙入れを取り出し、中を探った。

それを土間に褌一丁で転がされたまま、寒さと恐怖で震えながら、下から見上げる源造はどんな気分でいたろう。悪には悪のどぎつい拷問が察せられるだろう。頭上で、自分をどう責め立て料理するかの企て(くわだ)が交わされ話し合われているのだ。

怖じ(お)気(け)を震って当然だ。

龍三郎はしゃがみ込み源造の前に片膝付いて、優しい口調で諭して云った。いや、脅しか？

「なぁ源造、俺もこんなこたぁやりたかねえんだ。オメエが責められて泣き叫ぶのを見るのは忍びねえ。痛(いて)ぇ目をみたくなかったら、早(はえ)ぇとこ吐いちまいな。この責め方は俺たち奉行所の拷問とはひと味違うみてえだぜ。どれくれぇ頑張れるかやってみるかい？　よ〜く考えてな！」

立ち上がって勘右衛門に五両の小判を差し出して云った。

「鬼勘のお頭、済まねえ、今手元不如意(ふにょい)につき持ち合わせはこれしかねえ、これでどうだい？」

周りを取巻く忘八たちから、うお〜ッ、と歓声が上がった。

「旦那ァ、こりゃ大盤振る舞いだ。おぅ手前達(てめえたち)、しっかりやれよ。懇切丁寧に責めて、苛(いじ)めてやれ。どうでぇ、嬉しいだろ？　但(ただ)し、決して息の根を止めちゃならねえ！　そうでござんすよねぇ旦那ァ」

「その通りだ。……俺は気が弱ェのかなぁ、いや、優しいんだな？」

龍三郎は首を傾げてひとりごちた。

「ワッハッハ、何をブチ云ってるんですよォ。で旦那、何を吐かせりゃいいんで？　そいつを聞いとかねえと」

「おぅそうだった。一つ、桜湯の湯女おセイを殺ったのは、オメエの仕業か？ならば、何故殺った？　二つ、鴉一味の隠れ家は何処だ？　次に狙う大店は何処だ？　何故大店の息子には酷ぇ仕打ちをするんだ。もう一つ、北町の筆頭与力磯貝三郎兵衛と、何故コソコソ会っている？　磯貝とどう関わってるんだ？　知ってる事ぁ全て話せ。まぁこんなトコだな」

「よ〜し、おう清吉、書き留めたか？　この清吉は大店の番頭だった野郎だが、足を踏み外しやがってこのザマだ……まぁ、俺達の御書院番、祐筆みてぇなもんだ、重宝してるぜ。さぁ、早速始めるか！　おう、野郎ども、お二人に早ぇとこ、乾いた着物を持ってきて差し上げねえか。水も滴るいい男が、これじゃ滴れ過ぎだぁな。ワッハッハッハ。この源造って野郎は、風邪ぐれえでおっ死ぬような柔じゃあるめぇ。さぁ始めろ。ネチネチとこってり可愛がってやれェ〜」

「へ〜い」

震えおののく褌一丁の源造を、三、四人の忘八が引っ立て小突きながら奥の折檻部屋の板間へ引き摺っていった。板戸が閉まって直ぐ、ギャ～ッ、と世にもおぞましい絶叫が聞えた。

龍三郎は耳を塞ぎたかったが、これも世を正す同心の務めと腹を括った。

『毒を以て毒を制す』……か！　正義の為なら、手段を選ばずだ。

後味の悪さを、そう自分に言い聞かせ、詰め所を後にした。

六

「おい、伊之、ご苦労だが、〈藤よし〉まで行って、お藤に言伝けてくれねえか？　今晩は帰れねえ、吉原泊まりになるとな。心配するな、御用の筋だ。お前と一緒だと云うんだぜ。もしかすると、もうひと晩くれえ延びるかも知れねえが心配にゃあ及ばねえってな。頼んだぜ。あっ、そいからな、着替えの着物と小遣い銭をチョイと恵んでもらってきてくんな。情けねえが、頼まぁ」

「へえ、行って参りやす」

雨脚が弱くなった中を番傘差して、尻端折りで伊之助は出て行った。

その背中に龍三郎が声を掛けた。

「おぅ伊之、オメエは今晩はお秋としっぽりお泊まりだ、楽しみにな」

〈菊乃家〉の遣り手婆おとらに、布団部屋でいいから俺一人泊まらせてくれ、と掛け合ってひと部屋用意してもらった。

鬼勘が詰め所に泊まるように勧めてくれたが、ひと晩中源造の責め苛まれる声を聴くのも耐えられないと断って、この布団部屋に落ち着いたのだ。

遣り手婆と飯炊きを兼ねるおとらが、精一杯の馳走を並べてくれた。

膳の上には鯛の刺身とイサキの塩焼き、焼き蛤、蜊汁と熱燗の徳利……雨に打たれた後の冷えた身体には有り難かった。濡れた着物と着替えた継ぎの当たった、木綿の丹前は暖かかった。寒がりなのだ。

「おとら、いいのかい、客の方は？」

「今晩みたいな雨の日は暇さぁ。さ旦那、一杯、いかが？」

昔取った杵柄だ、色っぽい流し目で膝を崩して徳利の酒を猪口に注いでくれる。

問わず語りに身の上話を喋りだした。

「あたしゃ十年掛かって二十七の時に年季が明けたんだよ。けどねぇ、堅気になろうったって、そう簡単に仕事なんか見つかりゃしない。ほら、餅は餅屋って言うだろ、やっぱりあたしゃ女郎を止められないのさぁ。茣蓙一枚丸めて畳んでこの吉原土手で夜鷹をやらなきゃ喰えなかった。悪い男に騙され、悪い病も患い、身体を壊してどうしようもならなくなって、又ここへ舞い戻って来たのさぁ。飯炊きと呼び込みの遣り手婆ぁとしてねぇ」

「ふ〜ん、苦労したなぁ。子供は出来なかったのかい」

「死んじまったよぉ、男の子が一人。生まれてすぐにねぇ」

「そうかい、可哀そうになぁ、一杯やるかい？」

「嬉しいねぇ旦那、頂くよ。客の誰もが、夜鷹婆ぁだの遣り手婆ぁだのと馬鹿にして相手にもされないこんなあたしを人間扱いしてくれて、こんなあったかぁい気持になったのは久し振りだよ、何年振りかねぇ。さぁもう一杯」

「ありがとよ。こいつは少ねえが、何かの足しにしてくんな、部屋代だ」

もう小判は鬼勘に与えてしまって無いので一分銀二枚と一朱銀一枚をその手に握らせた。

「まぁ、こんな大金を……」

「なろう事なら、足ィ洗って、道具揃えて髪結いでもして暮らしたらどうだい。

あの伊之助が相談に乗ってくれるだろうよ。死んだ息子が安心するぜ」

「はい……はい。ありがと」

金を握り締めた掌で涙を拭きながら、燗酒のお代わりを取りに出て行った。

(まぁおとらも此処からは抜けられねえだろうなぁ)

とは思いつつも、しんみりと手酌で盃を重ねていると、そっと障子が開き伊之助が戻って来て顔を出した。

「旦那、行って参りやした」

布団が畳んで積まれたすえッ臭い部屋へ膝でにじり入って見回し、

「あ〜あ、こんな汚え布団部屋で…… いいんですかい？ あっ、これをお藤さんからお預かりして参りやした」

畳の上に着替えの風呂敷包みと巾着袋を置いたのを取り上げ、

「重てえな、こりゃ十両はあるぜ。気風のいい女だ。有難えや。おい伊之、今晩はオメエはお秋んとこにシケ込みな。懐は寒かぁねえか？」

「いえいえ、この間頂いたのがまだそっくり……じゃ、済みやせん、お言葉に甘えて……旦那の方は、ホントに此処でいいんですかい？」

「おいらの事ぁ放っときな、お藤がいるじゃねえか」

「ヘッヘッヘ、ご馳走様ぁ。じゃ行って参りやす」

浮き浮きと伊之助は姿を消した。

——翌る朝。

お藤が選んでくれた三筋格子の単衣に着替えて、おとらが腕によりを掛けて拵えた朝飯を食っていると障子がそっと開き、伊之助が顔を出した。その瞼が腫れていた。

「旦那、そろそろ詰め所の方へ顔を出してみましょうか」

「よし。行ってみるか。オメエ朝飯はまだだろ、後でいいか?」

腰を上げたが、伊之助の腫れた目には触れなかった。

昨夜の大雨が嘘のように空は晴れ上がっていた。こんな岡場所の見世の軒下にも、つつじやサツキの花が咲き乱れ、五月の爽やかな風が心地よい。

詰め所の腰高障子を開けると、忘八の一人が床机から腰を上げすっ飛んで来て、秘密めかして囁いた。

「旦那、もうチョイでさぁ。野郎ッ、大分音を上げやがったが、しぶとい根性をしていやがる」

「世話ぁ掛けたな、どっちだ？」

「へえ、こちらで」

忘八の案内で土間から廊下へ。

奥まった板戸を開けて足を踏み入れた龍三郎はギョッとして立ち竦んだ。

見るも無惨な姿に変貌した源造が天井の梁(はり)から、両手首を縄で括られて爪先二本立ちで吊るされていた――。

褌ははずされ素っ裸に剝かれた身体はささら竹で笞打たれ、幾条もの赤紫の痕が腹に背中に走り、皮膚は裂け血が滲んでいた。その顔面は片目は潰れ青黒く腫れ上がり、髷はザンバラ髪に乱れて、亡霊の如くふた目と見られぬ形相(ぎょうそう)だった。周りを三人の忘八が取り囲み、多分、一晩中交代で責めたのだろう、床にはどぶろくの酒瓶が二、三本転がり、酒臭い腐臭が充満していた。

やぶ睨みの小男の忘八が小腰を屈(かが)めて云った。

「旦那ァ、湯女を殺ったのぁ確かにこの野郎ですぜ、吐きやした。その湯女が、磯貝とかって与力に色仕掛けで色々しつこく訊いて来やがったんで、その磯貝って侍(さむれ)えの言い付けでグサリと……あとぁ、こいつらの鴉一味の隠れ家はまだ吐きやがらねえ。なぁに、もうひと息こってり可愛がってやりゃぁ……ヘッヘッヘッへ」

　龍三郎は、源造に近付き、半分千切れ、血のこびりついた耳に囁いた。

「おい源造、聞こえるか？　お前はもう充分頑張った。隠れ家を吐いたら、このまま奉行所には渡さねえで俺の一存で解き放してやってもいいんだ。もしもお前がこの姿で仲間んとこへ帰ってみな。皆んなはすぐに勘ぐるぜ。拷問で全てバラしたな、とな。どっちみち命はねえ。早く楽になれ。えっ、どうだ源造、与力の磯貝とはどう繋がってるんだ？」

「し、知らねえ、知らねえッ」

　苦しい息の下からかすれ声が搾り出されて漏れ聞こえた。

「そうかい、じゃぁ俺も知らねえ、頑張ってみな、あばよ」

　心は冷えて（こいつは悪党だ、悪党だ）とわが胸に言い聞かせて廊下へ出た。伊之助が蒼白な顔で付いて来た。背後で直ぐに怒声と肉を打つ音と悲鳴が聞こえた。

　気を紛らせようと、伊之助を誘って菊乃家の布団部屋へ上がり込んだ。おとらが顔を出し、おもねるように訊く。

「旦那様、お酒をお持ちしましょうか？」

「いや、俺ぁこんな朝っぱらからは飲らねえんだ。茶をくんな、二人分な」

「はいはい、承知致して御座います」

言葉遣いもころりと変わって、いやはや金の力は恐ろしい……。

「おい伊之、オメエ目が腫れてるぜ。ゆんべ泣いたな、何があった？」

「分かりやすか、へえ、実は……」

腫れた瞼を押さえて語りだした。

「お秋のことなんですがね、お秋は下総の貧しい百姓家の長女に生まれたそうで。お秋の下にゃぁ六人の弟妹が居て、お秋が十三の春にたった五両で借金のカタに女衒に身売りされちまったとか。その女衒は、器量良しだったお秋の値を吊り上げて三十両って大金でこの吉原〈菊乃家〉に売り飛ばし、お秋は下働きでこき使われながら礼儀・作法を仕込まれて女郎として見世に出たのが十六歳。まだ二年の奉公で、年季明けまではあと八年……。身請けしてえのは山々だが、今のあっしには逆立ちしても追っつけねえ金高だ。以前の巾着っ切りだったら造作もねえ事だが、旦那と約束して足ィ洗ったからには、その約束を反故にする事ぁ出来ねえ。泣きやしたァ一晩中……お秋と抱き合ってねぇ……」

そっと障子が開いておとらが、粗茶でございますが、と茶碗二つ載せた盆を置いて毛羽立った畳の上を滑らせてそうっと去って行った。立ち聞きをしていたのが分かった。

伊之助は拳で鼻水を擦って、なおも話し続けた。

「ところが最近、日本橋の呉服問屋の若旦那ってぇのが気に入ってくれて請け出ししてくれるって話が進んでいたらしいんで。そいつは嬉しい話じゃねえかとあっしも喜んだんでやすがね、どうやら七日に一度のお医者の検診でね、労咳の気があるって……すっかり落ち込みやしてねぇ。そう云やぁお秋は、いつもコンコンと軽い咳をしてやしたがね、客にも見世にも気付かれねえ様に気を張る毎日だったらしい。身体を壊してもう働けなくなった女郎は投げ込み寺と呼ばれる三ノ輪の浄閑寺に放り込まれて、あとぁ、無縁墓に葬られて短え一生を終えるって寸法で……可哀そうに、まだ十八ですぜ。あっしにゃぁどうすることも出来ねえ、神も仏もねえものかとお天道様を恨みやしたねえ……。旦那ぁ、あっしら貧乏人にゃあ救いの手はねえんですかい？　ご政道が間違ってるんですかねぇ」

平べったい甲羅のような蟹面の、左右に離れた目から涙が溢れていた。

女郎の寿命は短い。十四、五の年齢から、見世に出され、夜毎四、五人の客の伽をして、大方の娘は十七、八歳から二十三、四歳の歳頃までには病死する。年季明けまで務められる女郎など稀なのだ。若死にの因は、切り詰めた栄養の足りない食事と、非衛生を極める日常の生活、客から悪疾をうつされることにもあった。遊女の死因は、脚気衝心、梅毒による脚気、労咳、脳病、性病などとその余病である。

よほど運のいい遊女が馴染み客に落籍されて、女房か妾になる事ができるが、そんな幸運は極めて稀なのだ。

彼女らは毎夜必死に客の袖をひき、無理難題に笑顔で堪え、客を満足させようとする。でなければ、楼主に折檻されるのだ。情け容赦のない打擲を受け、水責めの仕置きに遭い、命を落とす娘も珍しくはなかった。

吉原遊廓の内では、お秋のような無力な遊女を牛馬の如く扱い、病死に追い込む弱肉強食の修羅場が毎夜公然と演じられていたのだ。

龍三郎にも、伊之助をどう慰め、どう力付けたらいいのか言葉もなかった。

「伊之、ここでは二晩続けての居続けは出来ねえしきたりらしい。今夜はお秋は諦めて、俺と一緒にこの布団部屋だ。おぅそうだ、近くの湯屋へ行こうじゃねえか。お前に久し振りに月代も当たってもらいてえしな。見ろ、雨に打たれてバランバランだ」

「へえ、承知致しやした」

まだ涙声で、鼻水をすすり上げた。

「いや、いっそのこと八丁堀の桜湯まで足を伸ばそうじゃねえか。おセイの仇も討てそうだ」

吉原日本堤から八丁堀まで歩いて半刻——何か懐かしい想いで二人は桜湯の暖簾を潜った。午前(ひるまえ)の時刻で客もまばらだった。同心仲間は朝風呂が多いので、もう済ませて奉行所へ出仕したのだろう、誰も見掛けなかった。

いつもの、長襦袢を膝までたくし上げて、汗の浮いた額を手の甲で拭きながら立ち働くおセイの姿がないので、何か忘れてきたような寂しい感じは拭えない。

ゆったりと湯に浸かり、お仙(せん)とかいう新しい湯女がいたが、龍三郎は伊之助に背を流してもらい、板土間で月代を剃り、髭を当たってもらった。昨夜の雨中での源造の捕り物騒ぎと拷問を見たあとの、ささくれだった気分も洗い流して、さっぱりした身なりになったその足で奉行所へ顔を出した。

——大騒ぎだった。

同心達が右往左往し、慌(あわただ)しい雰囲気だ。

式台を上がった処で、すれ違った轟大介を捕まえて訊いた。

「おい轟、どうした？」

「あぁ、結城さん、又、鴉です。神楽坂（かぐらざか）の札差（ふださし）〈伊勢屋（いせや）〉がやられました」

ほぞを嚙むとはこのことだ。

「クソッ、源造の野郎、こいつは吐かなかったな。時既に遅し、間に合わなかったか」

（手の内にあったものを……源造に吐かせて先に知っていれば、あだや無益な殺生をみることはなかったのだ……）

「はっ？　何の事ですか？」

「いや、こっちのことだ。ところで磯貝さんは何処にいる？」

「いやそれが、今朝はまだ一度も顔を見ておりませぬ。いつもこの鴉組事件の時には一番乗りで陣頭指揮なんですがねぇ」

「う〜ん、どうつるんでやがるのか？」

「はっ？　私には結城さんが何を仰っているのかさっぱり……」

「ハッハッハッハ、そのうちさっぱりさせてやるよ」

啞然とした表情の轟大介を残したまま、脱いだばかりの雪駄を再び履いて、奉行所を後にした。今度は一人だけで、伊之助には声を掛けなかった。

急ぎ駆けつけたのは、勿論吉原の大門脇詰め所だ。

七

——九つ（午後零時）を回ったばかりだ。

腰高障子を開けると、土間の中央の床机に三人の忘八を従えて、元締めの鬼火の勘右衛門がふんぞり返って座っていた。

「おぅ、結城の旦那ァ、お待ちしておりやした。野郎、口を割りやしたぜ、全てね。面ぁ見やすかい？　おぅ清吉、書き留めたものは？」

「へえ、ここに」

後ろに控えた番頭崩れの清吉とかいう忘八が懐を押さえた。

「さぁ参りやしょう。見ものですぜ。よそ見の富助って野郎が折檻が大好きっていう野郎で一晩中責め立てたらしいんで……ヘッヘッヘッへ」

奥の間の板戸を開けると、朝五つ（午前八時）過ぎに見たのと同じ人間とは思えぬ源造が、相変わらず天井から吊るされ、震える足指二本でようやく身体を支えて立っていた。

水桶が置かれ、床の上は血まみれの水溜まりでびしょびしょに濡れていた。気絶するたびに桶の水をブッ掛けて、息を吹き返したら再び拷問が続けられたのだろう。

朝に見掛けた、よそ見の富助というやぶ睨みの小男が面白がってささら状の竹棒で、源造の股間をしばき倒した。

「ヒィ～ッ」

と叫んだ口は血溜まりで、暗い穴ぼこだ。歯が引っこ抜かれて数本しか残っていない。

龍三郎は、この富助という忘八を叩っ斬ってやりたくなった。

（何という残虐非道！　何という人でなし！　こいつらに任せるのではなかった）

後の祭りだ。奉行所の拷問蔵でもここまではやらない。重敲き・石抱き・海老責め・釣り責めと四段階あるが、最も非道(ひど)いのが、人間としての尊厳を奪い取るような木馬責めと言って、木馬型で背が尖った部分に全裸で跨(また)がらせ、本人の重みで睾丸や肛門に苦痛を与え尚且(か)つ両足首に重石(おもし)をぶら下げ引っ張るという過酷な拷問方法もあった。早く死なせてくれェ、と執行者に泣いて縋りたくような残虐なものなのだ。

しかしいくら奉行所でも、この生爪剝しと歯を無理に引っこ抜くような、神経をぐじり回すネチネチとじんわり責め呵む拷問はない。耐えられる者は皆無だろう。

鬼火の勘右衛門が清吉に顎をしゃくって云った。

「おぅ清吉、お聞かせしろい、こいつが白状したことを全てな」

清吉が、へぇと云って、懐から大福帳のような冊子を取り出し読み上げ出した。

「一つ、湯女のおセイを殺ったのは確かに俺だ。与力磯貝三郎兵衛の命令だ。二つ、磯貝とは次に押し入る大店の情報交換で何度も会っていた。勿論あいつも分け前は親分の権兵衛と山分けだった。親分の権兵衛は元は侍だったらしい。三つ、今夜は、神楽坂の札差伊勢屋に押し込む手筈になっている」

「後の祭だ。もうやられちまったぃ」

龍三郎は唇噛んで独り言ちた。清吉が訝しげな視線を投げたが、先を続けた。

「四つ、隠れ家は谷中の浄禅寺だ……十日に一遍、六の日に博打の盆が立っている。五つ、この頃は阿片を売り捌いている。元長崎奉行黒田壱岐守宏忠の指揮の下、抜け荷でオランダ・清国・ルソンから仕入れた阿片を江戸中に売り捌いて大儲けをしている。俺らも手伝ってそのおこぼれに与っている。この吉原遊郭にも大分食い込んでいる……と、まぁ、こんなところで……あ、そいから、何故大店の息子ばっかり目の敵にするのかは、子分のあっしらでも分からねえ、とか……」

龍三郎は聞く内に胸が悪くなり、怒りの炎がふつふつと湧き起こり、拳を握り締めた。

「こんなもんで、どうでござんすかねぇ？　もう洗いざらいカスも出ねえくれえ絞りやしたがねぇ……旦那、いかがなもんで？」

鬼勘が揉み手をしながらニヤついて訊いてきた。煮えたぎる思いを抑えて龍三郎は、

「いや、有り難い。俺だったらとてもここまでは聞きだせなかったろう。手間を掛けた。これはこの前の上乗せにしてくれ、俺の気持だ」

お藤からの十両のうち半分を差し出した。途端に鬼勘と忘八達の態度が豹変した。忘八達が小躍りし歓声が上がった。

「テッヘッヘ、お有難う御座〜い。地獄の沙汰も何とやらとか申しやすからねぇ。で、この野郎の始末はどうつけやしょう。〈お歯黒どぶ〉にでも放り込んでおきやしょうか？」

「う〜む。思案のしどころだな。このザマで奉行所へしょっ引いて行く訳にもいかんし……どうせお奉行からは獄門磔晒し首の極刑が申し渡されるだろうがな」

「気になるのが阿片喫煙でござんすねえ。この吉原内でもご法度（はっと）の一番で御座んしてねえ、手下たちが厳しく見回って詮議しておりやすが、その目を盗んで客と一本の煙管で吸い合うのが女郎たちの間にはびこっているらしく中毒の者が増える一方で。お仕置き部屋も折檻も効き目がありやせん。後をひいて止（や）められねえらしいんで」

龍三郎と鬼勘は、忘八たちには背を向けてひっそりと話し込んでいた。

その時、突如——。

ウグ〜ッ、と断末魔の呻き声が——。

振り返れば、天井の梁から吊り下げられ二本指で立つ、源造の喉頸に、富助の持つ匕首が突っ立ち、血が噴き出していた。

泡食った富助が親分の鬼勘に言い訳を始めた。

「お、お頭ァ、俺は何もしてねえ、この野郎がテメエからこの匕首に飛び込んできやがったんで。あっしはピラピラと頰っぺた叩いてからかっていただけで……よそ見してたら、いきなりテメエから……」

富助の匕首が突き刺さったままの源造の頸が、ガックリと前へ落ちて息絶えた。

鬼勘がやぶ睨みの忘八に云った。

「莫迦野郎ッ、だからテメエはよそ見の富助っていうんだ。まぁ、いいって事よ。もう生きられねえと悟ってテメエでテメエの始末をつけたんだろうぜ。手間がはぶけて丁度いいや、ねえ旦那？」

哀れな、惨めな盗人の最期だった。身から出た錆とは云え、龍三郎は割り切れぬ思いだった。お白洲の裁きの場に引き据えられれば死罪が当前の悪党だったが、龍三郎自身の考えで、己の手は汚さず、酷い拷問で責めさせ、その結果は得られたが……砂を嚙むようなざらざらした気分が拭えなかった。

「済まぬ。鬼勘のお頭。万事こちらで取り計らってくれ、任せる」

「分かりやした。どうせお歯黒どぶか投げ込み寺でさぁ。お任せなすって」

重い足で、上がり框から土間へ下り雪駄に指を突っ込んでいたその時、戸が開いて、伊之助が涙一杯の顔で駆け込んで来た。

「だ、旦那ッ、旦那ァ〜」

何やら紙切れを握った右手がぶるぶると震えていた。

「こいつを、こいつをォ〜」

差し出す紙片を龍三郎が取って読む。

そこには『いのさん、ありがと』とミミズの這うような文字が——。

「あいつがァ、お秋が、お秋が首を括りやしたッ〜。クックックックゥ」

押し殺そうとしても泣き声は漏れ、両肩と、握った拳は震えていた。

鬼勘の怒声が響いた。

「野郎どもッ、菊乃家のお秋の首括りだッ。急げェ〜」

勘右衛門の下知に「へえッ」と忘八の二、三人が飛び出して行った。


——大門を潜って土手を歩きながら、伊之助がぽつりぽつりと語りだした。

「遣り手婆ぁのおとらに聞きやした。呉服問屋の若旦那の身請け話はご破算になっちまったとかで……そいつの嫁取りの話が進んでお店を継がなきゃならねえから諦めてくれと……極道息子のその場限りの態（てい）のいいお遊びに、ちょっぴりでも望みを賭けたお秋が可哀そうでねェ。テメエの労咳で弱った身体と先行きの身を儚(はかな)んで、とうとうあいつぁ……お秋は、首括りやがったァ」

肩震わせて泣きながら歩く伊之助に、龍三郎には慰めの言葉もなかった。

「よくよくお前も女にゃぁ運がねえなぁ。嬶(かか)ァには間男され、惚れた遊女は首吊りかぁ〜。なぁ伊之、そのうち、いい事もあらぁな、お天道様ぁ雨や曇りばかりじゃねえ、陽の当たる時も来らぁな。なぁ伊之助、そう思わなきゃ生きてる甲斐がねえじゃねえか。元気出せ、ええ、伊之」

八丁堀組屋敷へ戻る伊之助と別れて、龍三郎は〈藤よし〉へ向かった。

心も足も重かった——。

第三章　凶賊退治

一

　このところ、髪結い仕事が終わった後の伊之助に云い付け、奉行所帰りの与力磯貝三郎兵衛を見張らせている。吉原の惚れ込んでいた女郎お秋の首吊りに、気分の落ち込んだ伊之助の気を紛らすためにも、張り込みの仕事を命じたのだ。

　その思惑はずばり当たった。

　日暮れ前、奉行所を後にした磯貝は永代橋を渡って、深川相川町の大店、廻船問屋〈長崎屋〉の暖簾を潜った。馴染みの店らしく、あっ、磯貝様、いらっしゃいませ、と雇い人たちの迎える声が重なり、下にも置かぬもてなし様が漏れ聞こえた。

伊之助としては、ここはひとつ磯貝と此処長崎屋の繋がりを探らにゃあなるめえ、とお得意の天井裏への潜り込みで張り付き、天井板をずらして下の座敷を覗き込んだ。主の長崎屋徳兵衛だろう、でっぷりと太って体を動かすのも大儀そうな白髪の商人と磯貝が対座している。その脂ぎった表情を崩して徳兵衛が、やおら床の間に置いた手文庫から切り餅を五、六個取り出し、袱紗に包んで畳の上を滑らせ、ご機嫌を取り結ぶように云った。

「磯貝様、御苦労様で御座いました。これをお納めを。次の荷は間もなく品川沖へ着きますれば、何卒支障のなきよう……」
二、三百両はあるだろうその包みを鷹揚に袂に仕舞い込み、磯貝が恵比須顔で云った。
「おうおう、万事任せておけ、抜かりはない。長崎屋、これから深川の〈喜楽〉へでも繰り込んで前祝いに一献どうじゃ」

「よう御座いますなぁ。これ誰かァ。誰か、駕籠を二丁呼んでおくれぇ」

と手を打って、花街へ出掛ける気配に、伊之助は素早く天井裏から退散し、店先に回って見張りを続けた。横付けされた駕籠に乗り込み、徳兵衛と磯貝の二人は意気揚々と水茶屋〈喜楽〉の暖簾を潜った。ここでも、店を上げての手厚いもてなしは疑い様もなかった。磯貝が気に入って、この長崎屋におねだりして何時も通っているらしい。ここでも伊之助は難無く天井裏へ忍び込み、腹這いになって覗いた。

芸者と三味線弾き、幇間らを幾人もあげて、飲めや歌えの大散財ぶりだった。

悪徳商人と悪徳役人が手を結んでやりたい放題のご乱行だった。

伊之助がすぐさま八丁堀組屋敷へ戻り、龍三郎に逐一御注進申し上げたのは言うまでもない。


「何ッ、磯貝三郎兵衛が鴉権兵衛一味と通じ、尚又、阿片の抜け荷に関わっておる？」

北町奉行榊原主計頭忠之は絶句し、驚愕の表情を隠そうともしなかった。

役宅の奥まった一室に対座した龍三郎から受けた報告の反応であった。

「ハッ、鴉一味の片割れが白状致しました。押し込み先の大店に事前に親切ごかしの聞き込みを行ない、普請図面や、金の隠し場所などを一味に内通し、尚且つ、盗んだ金は山分けにし、甘い汁を吸っている模様——懇意にしている大店が皆殺しの憂き目に遭おうと眉一つ動かさず、いや、逆に悲しみに打ちひしがれた態を装い、探索の指揮を執り、職務に忠実な、優しい人柄を見せる表の顔と、裏での神をも恐れぬその所業を捨て置くことは出来ませぬ」

「ふ〜む。騙されておったのぅ。磯貝めッ、仏の仮面を被った獣じゃのぅ」

忠之の顔面も朱に染まり、煮えくり返る腹の内が手に取るように分かった。

「それと最近、御府内に蔓延っております阿片にも関わり、廻船問屋長崎屋徳兵衛と手を組み、犠牲者を増やす悪業三昧、許せませぬ。されどその前に御前、その捕縛致しました鴉一味の片割れで御座いますが、この北町にしょっ引いて来ても、又再び、木鼠吉五郎の二の舞いになるやも知れず、私の一存にて、吉原遊郭を仕切る元締めに任せました」

「吉原遊郭？」

途端に忠之の顔色が苦虫を噛み潰したような渋い表情に変化した。

奥方の尻の下に敷かれた堅物の婿養子としては、あまり聞きたくない俗世間のことだろう。だが龍三郎は素知らぬ顔で平然と続けた。

「私の配下の廻り髪結いが贔屓にしております遊女の処へ鴉一味の手下、土蜘蛛の源造なる者が現われました。その奴を先日の大雨の日に捕らえまして、止むを得ず鬼火の勘右衛門と称する元締め率いる忘八共の手に委ねました。我らの拷問蔵ではとても考えも及ばぬような無慈悲な責めに耐え切れず、源造は全て自白致しました。最期は自ら匕首の切っ先に飛び込み命を絶ちましたが、洗いざらい真実の話を自白したと信じております。先般の湯女殺しから磯貝三郎兵衛の名が浮かび上がり、その関わりと過去の押し込み盗人との繋がりをつぶさに訊き出しました。そこでお奉行にお願い致したき事がひとつ……差し出がましい事では御座いますが、奉行所内には厳重な箝口令を布き、何卒お奉行には磯貝と顔を合わせましても、知らぬ顔の半兵衛を決め込んで頂きたくお願い申し上げます。幸い一味の隠れ家も判明致しましたので、早速今宵からでも探索致す所存で御座います。谷中の浄禅寺とか申す寺で、毎月六の日に博打場が開帳されている由。丁度今宵がその日に当たります。なれど此処は我ら町方の手の及ばぬ寺社奉行所の管轄なれば、まず私が隠密裡に……これまでも放蕩者の御家人三男坊の触れ込みで諸方の賭場に出入りしておりますれば、疑いもなく潜入出来るものと存じます。今までの無頼の隠密廻りの成果がようやく実を結ぶものかと……」

忠之が顔をしかめて顎を撫でながら、呟いた。

「しかし龍三、その方、博打場、遊郭などあまりにも悪所への出入りがのう……」

「なれど御前、虎穴に入らずんば虎子を得ずの喩えも御座います。そうせねば、ここまでの確証は得られなかったかと存じまする。……そこで御前、このような時期に申すべきではないと存じますが、妙殿との事、御前のご冗談とは存じましたが、私は妙殿には全く値しない男です。実を申せば私には夫婦同然の料理茶屋の女将がおります。高利貸しのゴロツキから救ってやった縁で情が移り何かと世話になっております。妙殿には、いつも新調の着物を贈って頂くなどお心に掛けて頂き、常々心苦しく存じておりました。何卒、御前からお諌め頂きたく、お願い申し上げます」

龍三郎の嘘偽りのない真情の吐露であった。

「う～む」

忠之の表情は曇り、益々困惑している模様が龍三郎には手に取るように分かった。自分が見込んで起用した隠密廻り同心とはいえ、愛しいわが娘がここまで心を捧げて想い詰めているのを知るだけに哀れと思うのであろう。

「御前、重ねてお願い致します。妙殿がこれ以上傷つかぬよう何卒……もし、私が直かに妙殿にお会いして真実の事を申し上げた方が宜しければ……」

「いや、それはよい。わしが父として何としても……それよりも龍三、鴉一味の探索に励んでくれ、一網打尽、根絶やしに殲滅するのじゃ。江戸中の町衆を安心させる為にもな。頼んだぞ。」

「ハッ、それはもう北町の威信に懸けて！　それともう一つ、元長崎奉行黒田壱岐守が絡んだ阿片の抜け荷の疑い……先日も阿片に侵された呉服問屋の跡取り息子が阿片欲しさに家族や奉公人を惨殺するなど、その影響は留まるところを知りませぬ。放って置けば御府内にも中毒患者が蔓延し、御政道を揺るがすような由々しき大騒動に発展するやも知れませぬ。これも又私、命を懸けて当たらせて頂きますゆえ、ご心配御無用にお願い申し上げます」

「うむ。頼もしい奴。わしはこれより登城し、ご老中に逐一ご報告せねばならぬ。良い知らせが出来る」

　奉行として毎朝巳の刻（午前十時）には江戸城に登城し、老中への報告・打ち合わせ・公用文書の交換などを行ない、午の刻（午後零時）以降は奉行所に戻り、決裁や裁判を行なう事が日課となっていた。江戸の町民地の司法・行政・治安維持を一手に担う役職で多忙を極める職務なのだ。

　権門駕籠に乗り、家臣は同心二十五名ほどと足軽中間の従者を従えての、奉行所の威勢を示す登城・下城の行列であった。三年前に、龍三郎が偶然救ったあの折は、老中よりの火急の呼び出しがあり、同心二名と中間が供に付き従うだけの簡略な駕籠揃えであったのだ。それ以来、盗賊たちの仕返しの襲撃、刺客に対処すべく、心して万全の隊列を整えている。

「御前、そろそろご登城の時刻なれば、失礼致します」

龍三郎は役宅を辞去した。

七つ時（午後四時）、今宵の悪の巣窟への乗り込みに備えて、腹が減っては戦(いくさ)が出来ぬと、お里の給仕で飯をかっ込んでいるその時、奉行所の中間作蔵が腰高(こしだか)障子(しょうじ)を開け、御免下さいませ、とひっそりと入って来て土間に佇(たたず)んだ。

「おう作爺(じ)ィ、何だ今頃急に？」

奥の居室ではなく、板間で伊之助と向き合っての晩酌なしの夕餉(ゆうげ)だった。

「はい、妙お嬢様から、これを……」

と風呂敷包みを差し出すのを、お里が飛び立つように立ち上がり、

「あっ又、新調のお着物ですねきっと。作蔵さん、ご苦労様」

と風呂敷包みを受け取りながら、作蔵に色目を使っている。この間龍三郎に、面と向かって云った、『亭主にぞっこん』の言葉は何だったのか？　女心とは判(わか)

らぬものよ、と苦笑するしかない龍三郎であった。

「あっ、このお手紙もお嬢様からお預かりして参りました」

作蔵は、大事そうに懐から封書を取り出しこれもお里に手渡した。

「ご返事はよろしいそうで御座います。それでは御免下さいませ」

ぺこりと辞儀をして、入って来たとき同様ひっそりと出て行った。肩落としたその後姿には、龍三郎に対する妙の気持を慮って作蔵の思い遣りが滲んでいた。

「まぁ、あの爺さん、愛想がないねぇ」

と不満そうに戸口を振り返りながらお里が膝付いて、龍三郎に封書を手渡した。膳に箸を置き、ぱらぱらと広げる。

『龍三郎様、父より伺いました……』美しい女文字で綿々と妙の真情が書き連ねてあった。途中、墨が滲んだ文字は、零れ落ちた涙の痕だろう。

龍三郎は目を瞑り心中で手を合わせ詫びた、(妙殿、済まぬ)と……。

これでよかったのだ。あたら純真な十八歳の乙女心を弄ぶような己の柔弱さが悔やまれる……。

素っ頓狂なお里の声が耳を打った。

「まぁ、御覧くださいまし旦那様ァ。この見事な単衣ッ」

なす紺色の洒落た絽の単衣——心の籠もった妙の最後の贈り物であった。妙としては、これで自分の気持にけじめをつけたのであろう。推察できるだけ余計に妙が哀れであった。早速、仕付け糸を解いてくれたお里の手を借りて袖を通した。

「まぁ、旦那様、又一段と男っぷりが上がりましたねェ。若い娘が放っとくわけがないわぁ」

お里の感嘆の声を背に聞いて伊之助を供に家を出た。

二

じとじとと湿り気の多い気色悪い陽気だった。もう季節は水無月（六月）だ。陰暦の六月だから、現代ならば七月の中旬か——伊之助の持つ提灯の灯りを頼りに谷中の清水坂辺りを、扇子で懐に風を入れながら浄禅寺を探しながら歩く。

右も左も白土塀の寺ばかりが続いている。

「何でぇ、この辺りは寺と墓地ばかりじゃねぇか、薄っ気味悪ぃなぁ。おい、伊之、何処（どこ）かで訊いてきてくれねぇか、その浄禅寺をよ」

「へえ、訊いて参（めえ）りやしょう。チョイとお待ちを」

提灯を手渡され、蒼暗（あおぐら）い空を見上げると、中天に上弦の月が冴え冴えと浮かんでいる。夜五つ（午後八時）を過ぎて直（す）ぐだ。待つ間もなく、伊之助が戻って来た。

「この先一丁、三軒先の右側の寺だそうで。あんまり評判の良くねえ寺のようですぜ」

「ふぅん。得体（えたい）の知れねえゴロツキが出入りしてやがるからだろう。ああ、此処じゃねえのか？」

瓦で葺（ふ）いた土塀があちこち崩れて、手入れもされず、荒れ寺と言っていいだろう。山門を潜って狭い境内を歩くと一間幅ばかりの式台があり、伊之助が声を張って案内を請うた。

「え～、御免なすって、御免下さいやしィ」

へ～い、声とともに三下やくざが手燭（てしょく）をかざして出て来て、顔を確かめるように二人を窺（うかが）う。隙のないイヤらしい上目遣いが足元から頭の先までねめ回す。

「初めてで御座んすね？」

三下の問いに伊之助が小腰を屈めて慇懃に答えた。

「へえ、十日に一遍、六の日にこちらに盆が立つとお伺い致しやして」

「へえ、どうぞお上がりなすって。お武家様、お腰のものをお預かり致しやす。あっ、チョイとお待ちくだせえやし。たった今、半の目（奇数）が出やして、丁の目（偶数）で勝負が付くまでお待ちを」

博打場では、半の目で勝負がついた直後の賭場への出入りはご法度なのだ。不吉と言う事か？　客が、運が落ちると気にするのか？

架け行灯が灯る薄暗い長い廊下を奥へ進むと、ぼぉ～っと百目蠟燭の灯りで人影が揺れる障子の中から、経を読むように節を付けた中盆の、客たちを煽る声が聞こえた。

「さぁ、どっちもどっちも」「丁ないか丁ないか」「ハイ、駒揃いました」「盆中手止まり、勝～負」「ピンゾロの丁！」

ざわざわと落胆の呻きと喜びの声が交錯して勝負の片が付いたらしい――。

三下が廊下に膝付いて障子を開け、

「へイッ、お待たせ致しやした。どうぞ」

と、龍三郎と伊之助を振り仰いで招じ入れる。

入ると、蒸し暑い上に室内のよどんだ熱気が押し寄せ、ムッとするような雰囲気だ。

盆茣蓙の正面に、何と数ヶ月前、日本橋蛎殻町の大名屋敷、酒井出羽守十四万石の下屋敷中間部屋の賭場で壺を振っていた濡れ髪のお吟が、今日は胸に晒しを巻いた片肌脱ぎで、右上腕には鮮やかな真紅の椿の花の入れ墨を見せていた。

龍三郎はふと不吉なものを感じた。元来、椿の花は、枝からぽとんと落ちて首が折れる……すなわち首切り、斬首を連想させ、武士の家では忌み嫌われているのだ。

お吟はそんなことは気にもしていないだろうが……？

相変わらず、割れた湯文字の間から見せるむちっとした白い太腿をちらつかせ色気たっぷりで誘っている。

人気のある壺振りにはあっちこっちの賭場から声が掛かり、引く手あまたなのだ。

濡れ髪のお吟、その名の通り、風呂上がりの洗い髪のように烏の濡れ羽色の黒髪を束ねて長く背中に垂らしている。

龍三郎に向けられた何人かの鋭い視線を感じた。お吟の口が、あっ、と開いて龍三郎を見詰めた。その後直ぐに艶然とすくい上げる様な視線に変わった。案内の三下奴が大店の主人らしき男と渡世人との間に、へい、チョイと御免なすって、と座布団を置き、

「さぁ旦那、こちらでどうぞ。ごゆっくり」

と去って行こうとするのを呼び止め鼻紙に包んだ一朱銀の小粒を握らせた。

「へっへっへ、こりゃどうも」

揉み手をして卑屈な態で消えた。伊之助に三両渡し、駒札に替えるよう頼む。

お吟が、旦那いらっしゃい、お久し振り、の意を籠めて、媚びを含んだ秋波の眼差しを送ってくる。うむ、と頷き、周囲を見回した。

上座の長火鉢の前に総髪に結った浅黒い顔色の精悍な五十に手が届くか、初老の男が一人、煙草を吹かし、周囲を睥睨している。

（この胴元が鴉権兵衛か？）

直感だ。

いつも一味全員が黒装束覆面姿なのでその面体を見た者は誰もいないのだ。その横に胡坐を掻いて茶碗酒を呷る赤ら顔の坊主頭の住職が一人。

（こいつがこの浄禅寺の和尚だろうか？）

博打のアガリから五分の所場代を巻き上げる生臭坊主なのだ。

ここから所場代を意味するテラ（寺）銭の名が付いたらしい。

奥の床の間横の柱に寄り掛かり胡坐の中に大刀を抱え込んで目を瞑っている陰気な痩身の浪人者が一人。刃物持ち込み厳禁の賭場内で平然と刀を抱いているということは用心棒か？

お吟の横に並んで座る眼光鋭い中盆が威勢のいい声で、

「さぁ、壺かぶります」

と煽った。

続いて、壺と賽を客に見せ、よう御座んすね、とお吟の澄んだ声。

カランと小気味いいサイコロの音がして盆布に壺が伏せられた。お吟は両手の親指の股を大きく開いて、八百長は御座んせんよ、との意を含んだ手の平を客に見せ、

「さぁ、どうぞ」

と駒札を張るよう促した。片膝立てた内股の奥を覗こうと生唾飲み込んで客たちの頭が上下し、「丁！」「半！」と熱くなっていく。

——一刻（二時間）ばかり遊んだが結局かなりの儲けとなった。お吟のいかさまと思える壺捌きのお陰だ。途中、バレるのではないかと肝を冷やす場面が一度ならず……今宵は様子を見るのが目的だから、勝ち負けはどうでもいいのだ。駒札を揃えてやおら腰を上げ、胴元に挨拶をしに近付いた。声と風体が知りたかったのだ。

「勝ち逃げで済まぬ。これはお身内の方々に」

駒札と金を交換して、四倍の十二両を稼いだので心付けとして一両を置くと、胴元の男は相好を崩して、

「これは気前のよい。有り難く頂戴致す」

と武家言葉だ。太い、低い声だった。

（権兵衛だ！　間違いない）

土蜘蛛の源造が云っていた、『お頭は以前お侍えだったらしい』と——。

「いずれのご家中かな？」

と愛想よく、しかし油断なく権兵衛が訊ねるのに、

「なぁに、貧乏旗本のぐうたら三男坊、部屋住みの冷や飯食いで御座るよ。又、寄らせてもらう」

と、はぐらかして立ち上がろうとすると、脇に座る生臭坊主がねっとりとした口調で絡んできた。

「お武家さん、ツイテましたなぁ。壺振りのお吟とはお馴染みで？」

（こいつ、お吟の壺の振り方で俺の賭ける目に出目が偏っているのを八百長と見抜いていたのか？　油断ならぬ奴）

「いやいや拙者、あちこちの賭場に出入りしておるので、売れっ子のお吟さんとは何度も顔を合わせ、存じておる」

「へえ〜、拙僧には、意味深な目付きが気になりやしたぜェ」

「ハッハッハッハ、思い過ごしだ。では失礼する」

立ち上がり玄関口へ伊之助を従えて歩く龍三郎の後を、止せばよいのにお吟が息せき切って追って来た。

「旦那ぁ、やっとお目に掛かれましたねぇ。どこの盆に現われるかと心待ちしてたんですよぉ。今日こそは逃がしませんからね。ねえ、二人だけで差し向かいでしっぽり飲りましょうな」

「いや、今晩はこいつとな」

と伊之助を顎で指し、

「それより壺振りの方はいいのか」

「ええ、もう代わってもらったからいいのさぁ。もう逃がしゃしませんよ今夜はあ」

腕を絡めてくる。式台でさっきの三下が大小二刀を差し出し、

「お見事なお腰のもので……へえ、有難う御座んした」

「へぇ〜、オメエは刀の目利きが出来るのかい？」

「いえいえ、トンでも御座いやせん。又のお越しを。次は十日後の十六日で、へえ。お待ちしておりやす」

提灯に灯を入れて伊之助に差し出し、送り出された。

お吟に腕組まれ白土塀の続くだんだら坂を下りながら、

「お吟、もう此処には出入りしねえ方がいいみてえだな。お前の、俺に肩入れしてくれた八百長、どうやら見抜かれていたみてえだぜ。あの生臭坊主を甘く見ちゃいけねえ」

「フン、道山(どうさん)かい、あたしに色目使いやがって、いけ好かない坊主だよォ」

「いや、お吟、バレたらその壺を振る右手をぶった斬られて、もう使い物にならなくされちまうぞ。悪い事は云わねえ。このまま高飛びして上方(かみかた)辺りで暮らしち

やどうだい」

「旦那ぁ優しいんだねぇ。心配してくれて嬉しいよ。しっぽり濡れるのは次にしようか。あっ、チョイと戻って来るよ」

帰り掛けるお吟の背中に龍三郎が声を掛けた。

「お吟、明日の朝はいねえ方がいいぜ」

お吟が不審そうな顔をして振り返って云った。

「何を云ってるのさぁ。じゃぁ又今度ね、屹度だよ」

尻を振り振り戻って行った。伊之助が見送りながら、

「旦那、お吟の横に居た中盆ですがねえ、確か猫目の伝吉ってェあくどい押し込みをやらかす悪党でさぁ。あっしが足を洗う前、よく見掛けた盗人でね。一人働きで、大店には入らねえが、やはり女は手籠めにして一家皆殺しは鴉とおんなじでさぁ。もう一人、額から眉に刀傷のある、ホレ、客の間を茶を配って歩いていた野郎。こいつも狂ったアブねえ野郎で、鳴神の太市って呼ばれてやすがね」

龍三郎の後ろに控えて、盆の周囲を観察していた伊之助の報告であった。

「よし、明け六つ（午前六時）に押し込むぜ。野郎ら、明け方まで夜っぴて丁半とやっていやがるだろう。客が帰って、グッスリ寝込んだ明け方に寝込みを襲

う。俺はこれからお藤のところに帰るから、おめえは深川の岡場所にでもシケ込んで、寅の下刻頃（午前五時頃）藤よしに迎えに来てくれ。もう二度と吉原のお秋みてえに、女郎に岡惚れするんじゃねえぜ」

「へっへっへ、へえ、承知しやした」

韋駄天の伊之助はつむじ風のように駆け去った。

久し振りに上野不忍池、三味線堀の小橋を渡って、黒板塀に囲まれて見越しの松が見事な料理茶屋〈藤よし〉の格子戸を開けた。二階の障子に映る行灯の灯りが懐かしく感じられた。まだ客がいるのだろう。裏庭へ回って枝折り戸を開けて奥の間へ上がった。

——浄禅寺から尾けて来た、額の傷が月明かりに浮かんだ男の黒い影がひっそりと消えた。さすがの龍三郎もそれを知る由もなかった——。

巧みな尾行であったのだ。

「まぁ、その絽のお着物……どこでお誂えになったの？」

「いや、これはお奉行のお嬢さんの最後の贈り物なのだ」

「まぁ、龍さんはおモテになるから……憎い人ッ」

かすかな妬っかみの口調だった。お藤には妙の事は聞かせてあった。

その夜——肌を合わせた時、男女の心底に潜むものは言葉や態度に出さずとも色事のうちに判然と滲み出てしまうものだ。色事に熟達した龍三郎とお藤ならば尚更、互いの裸身を抱き合う反応のうちに、全てを確かめ合い理解し合っていた。お藤は妙に対する龍三郎のけじめをしっかりと理解したのだ。体がそれに応えた。

じっとりと汗に濡れた龍三郎の裸身を水を絞った冷たい手拭いで拭いながら、「龍さん、あたしゃ嬉しいよォ」と呟いた。

三

寅の刻、七つ（午前四時）を回った早朝——寝入っているお藤を起こさぬように、そっと寝床を抜け出し襲撃の身支度をした。絽ではなく黒木綿の単衣を着る。又、返り血を浴びるだろうから……。少なくとも一味は十人を超えるだろう。

捕縛する心算は毛頭ない。斬殺あるのみ——。

四半刻後、伊之助が密やかに迎えに来た。まだ真っ暗な外を谷中、浄禅寺へ向かって二人は歩き出した。二人共、無口であった。

途中、坂道の暗闇の中で男二人とすれ違った。博打帰りの客だろうと顔を背けてすれ違った。男たちの足取りは軽かった。きっと勝ってご機嫌なのだろう……。

四半刻後——じっとりと朝もやが漂っている。

山門は閉じられていた。崩れた土塀の隙間から侵入した。この蒸し暑さで戸障子が開けっ広げになって、静まり返っている。医者の不養生どころか、盗人の無用心だ。

裏へ回り、手水鉢の水を柄杓に汲んで、足袋の裏を濡らして滑り止めし、口に含んで刀柄に、プゥッと吹きつけ目釘を湿らせて握りを馴染ませる。柄が弛んだり、ガタついたら人は斬れぬ。

鎧通しを握り、蒼白の顔をした伊之助に、

「伊之、オメエは隅っこにいて自分だけを守れ。いいか、踏み込むぞ」

ガクガクと頷く伊之助を従えて廊下に足を踏み入れる。ミシッと板が鳴った。

(盗人が忍び込む気分はこんなものか)

と思いつつ、寺の本堂へ長い廊下を忍び足で向かう――。

途中、廊下の右手側の、行灯の明かりがぼぉ〜と揺れる部屋から、ぼそぼそと二人の男の低い話し声が聞こえてくる。耳を澄ませた。

「兄者、何時までこの鴉一味を続ける心算だ。もう充分にお宝は貯まったろうが」

「玄次郎、お前には分からぬ。娘の千寿を、江戸へ行儀見習いの名目で送り出したばかりに、大店の極道息子に騙され、いい慰み者にされて娘は自害して果てた。もしや良きお武家の養女に望まれて、大奥の御殿女中にでも召し抱えられればと、出世の足掛かりに娘を利用しようと考えた父親のわしが浅はかであった」

ちょっと酔った口調は、先刻賭場で聞いた権兵衛の声だ。ということは、兄弟が話し合っている……？

伊之助が得意の、人差し指を口に突っ込み、ペロリと舐めて濡らし、障子に穴を開けて覗き込んだ。すぐに、二本の指を立て、酒を呑む仕草をしてその場を龍三郎に譲った。

龍三郎が片目を瞑って覗き込むと、なるほど、二人の大男が向かい合って、一升徳利を傍らに茶碗酒を呷っている。弟の玄次郎と呼ばれた頑健な大男は、つるりと頭髪を剃って何やら海坊主を彷彿とさせる魁偉な形相をしている。兄貴の権兵衛は総髪を後ろに撫で付けているが顔付は兄弟よく似ていた。

「兄者、俺が越前大野藩五万石の馬廻り役、七十俵三人扶持の薄家次男坊の冷や飯喰いの身分に我慢ならず、軽輩者と愚弄しくさった家老の藤木をぶった斬り逐電して以来……俺の短慮が姻戚にまで類を及ぼし我が薄家が取り潰しになり、兄者一家には迷惑を掛けた。済まぬと思っている……」

「なぁに、俺もあの鼻持ちならぬ家老の蔑みには我慢ならなかった。貴様が手を下さなかったら、俺が先に殺っていたさ。逃亡の途中、追跡して来た上意討ちの討手を三人叩っ斬って返り討ちに屠ったが、女房の喜美を道連れにされてしまい、娘の千寿もあのザマだ。自暴自棄になって盗人の首領に成り済ましたのも分かってはくれぬか。最初に押し入った久松町の越前屋の極道息子をなぶり殺しにして千寿の仇は取ってやったが、そのあとも盗人集団の鴉組の首領に居座ってこのザマだ。侮蔑するか玄次郎？」

茶碗酒を呷る権兵衛の声は、愚痴とも泣き言とも聞こえた。

（そうか、豪商の跡取り息子を惨殺するのは、玩具のように慰み者にされた娘の仇討ちであったのか……）と納得はしたが、その後の押し込みも全て若旦那を血

祭りに挙げて、態の良い言い訳としてこじ付け、江戸中の商人を震撼させている
──。

姑息な手段だ、と龍三郎は怒りを募らせた。

弟が感情の籠もらぬ冷たい口調で答えた。

「兄者、そのことに関しては済まぬと思っている。俺の短慮がもたらした結果だ。俺は、我が中条流剣法だけを頼りに、道場破りを生業として廻国修行で放浪しているが……自慢じゃねえがまだ一度も立ち合いで負けたことはねえ。兄者は押し込み盗人集団の首領に納まり、娘千寿の仇だと大店の極道息子たちを無惨な目に遭わせ、溜飲を下げていたのだろう。だが最早それも今はいい口実で、一介の盗人団の親玉に成り下がっておるわい」

弟が兄の権兵衛を馬鹿にしたように云った。

「云うな、玄次郎ッ、貴様に俺の気持など分かって堪るかッ。女房、娘を亡くした父親の気持など、何時までも自堕落な独り者の暮らしを続ける貴様などに分かって堪るかッ！」

「ふん、分かりたくもねえや。兄者、俺はこの足で江戸を発って西国へ向かう心算だ。どれだけ剣の腕を上げてくるか楽しみに待っていてくれ。あばよ」

立ち上がる気配に、龍三郎と伊之助はそっとその場を離れた。

龍三郎の脳裏には海坊主頭の弟、玄次郎の姿が焼き付けられた。

どうやら鴉一味には加担はしていないようだが、いずれ剣を交えるだろう予感が胸をよぎった。

そっとその場を離れ、忍び足で本堂を覗くと、あちらこちらから、いぎたない鼾が聞こえる。明け六つの薄明の中を透かして見れば、十人以上の寝姿がぼんやり浮き上がって見える。賭博客はもう帰って、居ないとは思ったが、大声で名乗って刃向かって来る奴だけを叩っ斬ろうと腹を決めていた。

巾着っ切りだった伊之助はこんな修羅場に身を置くのは初めてなのだろう。鎧通しを握る手が小刻みに震えている。励ますように振り向き、始めるぞ、と眼で合図した。

そして龍三郎は、大音声で叫んだ。

「鴉権兵衛一味ッ、起きろォ！　貴様らを皆んな叩っ斬りに来たッ！」

寺院は寺社奉行の管轄で町奉行所は手出しが出来ない。北町奉行所を名乗れないのだ。

寝ていた奴らが飛び起き、ドタドタと慌てふためき、呻き声と怒声が交錯して

右往左往、混乱の極みを呈している。枕元や柱に立て掛けた得物を抜き放ち、

「野郎ッ！」

「誰だテメエはッ！」

と殺到してきた。

抜き放った愛刀〈肥後一文字〉の刃が手練の早業に煌めき縦横無尽に走った。掛かってくる奴は皆んな敵だ。阿鼻叫喚の地獄絵図が眼前に展開した。

首が飛び、腕が、脚が斬り飛ばされ、板の間の本堂は血溜まりと、のたうち回る悪党共で足の踏み場もない。七、八人はぶった斬った。留めを刺さずとも直ぐに身体中の血を失って死ぬだろう。

残った二、三人が、お頭アッ、と叫びつつ、奥の間へ逃げ込んだ。

追おうとして後ろを振り返った。

本堂の隅で伊之助が鎧通しを握って、男一人と睨み合っている。

「やっぱりテメエか、猫目の伝吉ッ。覚悟しろい！」

「洒落臭えッ、やっぱり韋駄天の伊之助だったか。その扁平面は見間違える筈はねえ。死ねェッ！」

振り下ろす長脇差の下を掻い潜り、躰を丸めてしがみ付いた伊之助が、無我夢

中で伝吉の左脇の下に、鎧通しを突き込んだ。

戦国時代の鎧甲冑の武将同士が戦う時、刀槍では刃こぼれ、刃折れで通じない場合に組討ちとなり、甲冑で防御されていない頸、脇の下、股間を狙って突き刺す武器が、この鎧通しだ。これを〈介者剣法〉という。伊之助が知っていたとは思えぬが……。

脇の下から心の臓へ突き入れた伊之助の鎧通しは伝吉の息の根を一瞬で止めた。

顔面引き攣らせて足元に頽れた伝吉を見下ろしながら、伊之助は肩で呼吸し顔色は真っ青だった。人の命を奪ったのは初体験なのだ。

今は骸と化した伝吉を見下ろしながら、呆然と立ち竦む伊之助に向かって龍三郎が声を掛けた。

「伊之助、よくやった！　付いて来いッ」

奥の間へ駆け込む。

途中、廊下に腰を抜かして這いずる昨夜賭場で送り迎えをしてくれた三下を見付け、

「おい奴、今日限り足を洗ってまともに暮らしな。約束するなら命は奪らねえ。

どうだ？」

三下は引き攣った顔でガクガクと頷いた。見届けて奥の間へ踏み込む。

襖を開けてハッと息を呑み立ち止まった。

透かし彫りの欄間から左手首一本を縛られ吊り下げられたお吟が頸をガックリ垂れて絶命していた。足元に手首を紐で括られ、肩先から切り離された右腕が、血まみれで転がっていた。上腕に彫られた真っ赤な椿の花の入れ墨が血溜まりの中で異彩を放っていた。

（哀れ、お吟……！）

むらむらと憤怒の想いが突き上げ、龍三郎はもうひと間奥の襖を蹴破った。

二人の男が床の間に置かれた金箱から封印された小判を鷲摑みにして懐へ捻じ込んでいたが、ハッと振り向いた。

ぬぅ～と大刀片手に立ち上がった大男権兵衛――その傍らに生臭坊主の道山。先刻まで酒を酌み交わし、言い争っていた弟玄次郎は去った後らしい。

「矢張り貴様が鴉権兵衛か！　何故お吟をこのように酷い殺し方をした？　よくも、か弱い女をこうも情け容赦なくバラせるものだな。貴様をぶった斬るぜ」

「ふふふっ、随分と俺の手下を斬ったようだな……何流を使う？」

「冥土の土産に聞かせてやろう、麴町練兵館斎藤道場だ。貴様は中条流だってな」

「何ッ、何故知ってる？　まぁどうでもよい、そんことぁ。おい、神道無念流、俺の中条流の奥義を見せてやろう」

云うより早く左手に一尺七寸の脇差、右手に二尺四寸（約七二センチ）を超える大刀を抜き放ち、振り被った。

左の脇差で敵の刀を受け止め、右の大刀で斬るという攻防一体の構えは宮本武蔵の二天一流の流れを汲む越前の国から広がった流派であった。

「見たぜ、八文字の構え、お主、越前の出か、侍だったってなぁ。土蜘蛛の源造から聞いたぜ。盗賊団の首領になった侍ェが……」

「詰まらぬ詮索は無用だ。来いッ」

権兵衛の躰中に力が満ちてきた。左右の大小が八文字の型に構えられ隙が無い。

龍三郎は隙だらけに見える地摺り下段の構え——権兵衛は眼光炯々として殺気がみなぎっている。

「旦那ッ、危ねぇッ！」

伊之助の警告の叫び声が背後から聞こえた。判っていた。

後ろからの凄まじい刃風を避けて龍三郎の躰は左へ飛んだ。

背後から斬り込んできたのは、あの陰気な瘦身の用心棒だった。

空を切ってつんのめった浪人を、剣先を頭上で一旋回して、右袈裟斬り――浪人の頸から背中を斜めに断ち斬った。

「グワッ」

と、のけ反った拍子に浪人の刀の切っ先は、壁に背を押しつけて震えていた生臭坊主道山の腹を貫いた。

「ゲエッ」

と抱き合う形で二人はずるずると土壁を擦りながら頽れた。

道山の懐から、ジャラジャラと黄金色が零れ落ちた。

「喰らえッ」

八文字の構えの右大刀が振り下ろされた刹那、龍三郎の胴田貫は峰に返してガチッと跳ね上げた。

権兵衛の手を離れた大刀は上へ飛び天井に突き刺さった。すぐさま左手に持つ脇差を振り上げた瞬間、龍三郎の剣尖は権兵衛の喉元一寸に突き付けられていた。

　後ろへ追い詰められ、床柱に背を張り付けた権兵衛はゼエゼエと荒い呼吸で龍三郎に目を据えていたが、やがて肩が落ち脇差を放り出して呻いた。

「殺せ！」

「観念したか、そう簡単に殺しゃしねえよ。テメエの犯した悪業の報いにゃ、容易くぶった斬るのは惜しくなった。俺は八丁堀よ」

「何だ町方か。ここはお寺社の取り締まりの筈だ、手は出せないのではないのかな？」

　権兵衛はまだ勝ち誇ったように薄ら笑いを浮かべている。

「うるせえっ！」

　バシッと頬ゲタを張り飛ばした。手の平の痕が直ぐに赤く浮き出た。

「何を御託を並べてやがる、テメエらは押し込む前に、離れた別の場所に付け火をして、火付盗賊改方をそっちに引き付け、その間に狙いを付けた大店に押し込み、残虐非道の悪事をやらかして姿をくらますってぇのが常套の手口だったらしいじゃねえか。貴様、侍の矜持は何処に忘れた。武士の誇りは持ってねえのか！　ぶった斬りてぇのは山々だが、斬らねえ。火盗改に渡してやったら火盗は喜ぶぜェ……」

喉に切っ先を突き付けた侭、鞘に結んだ下げ緒の端を口に咥えて解き、

「伊之、引っ括れッ」

と一丈（約三メートル）の長さの下げ緒で後ろ手にキリキリに両手首を縛り上げさせた。

権兵衛は既に観念したのか歯を食い縛りながらも大人しかった。

じめっとした靄のかすむ六つ半頃（午前七時頃）、伊之助に縄尻を持たせて浄禅寺を出たが、明け六つには開いていた入谷の自身番の木戸の番太に代わらせ、権兵衛を呉服橋御門内の北町奉行所までしょっ引いた。

四

──龍三郎と伊之助が浄禅寺に乗り込んだ同時刻頃、不忍池〈藤よし〉に凶事が勃発していた。

龍三郎と伊之助が暗闇の中ですれ違った二人の男は、先ほど賭場で伊之助が気付いた鳴神の太市ともう一人の仲間だった。その二人が藤よしの裏口から忍び込

んで来たのだ。

　丁度厠へ起きたお藤が裏木戸を忍び足で入り込む男二人に気付き身を潜め窺っていると、住み込みの板前文治の部屋の障子を開けて匕首を抜いた。

「文さ～ん、逃げておくれェ、盗人だよぉ」

　お藤の叫びと同時にその男を突き飛ばし、調理場へ駆け込む文治の姿が――すぐに刺身包丁を手に現われた。押し殺した声で誰何した。

「誰だテメエ達は？　何を狙ってやがる」と、文治。

「あの侍ぇは何処だ？　云えッ」と、鳴神の太市。

　奥の間へ進もうとする賊二人を文治は、

「旦那ァ、女将さんッ、賊が入りやしたぜェ、起きておくんなせえ」

　と叫んだ。その文治の胸に、

「やかましいッ」

　と、鳴神の太市が情け容赦なく匕首を突き刺した。

「わぁ～」

　と文治は障子と共にぶっ倒れた。粋で男気を売った文治の最期であった。

　その一部始終を厠の連子窓から見ていたお藤は、アッ、と漏れそうになった悲鳴を口を押さえて飲み込んだ。厠から裸足で飛び出し逃げたが、追っては来なかった。

目当ては龍三郎一人だったのだ。

北町奉行所役宅へ出仕して来た轟大介が、

「ええっ、こ奴が鴉権兵衛で御座るか？」

仰天して奉行忠之の居室までご注進に走った。そして番太から縄尻を受け取り、奉行所仮牢へ放り込んだ。出仕して来た他の同心達が皆、先を争って興味津々で仮牢を覗きに行った。

鴉権兵衛捕縛の朗報は瞬く間に北町奉行所全体に広まり、与力、同心たちの畏敬と羨望の念は龍三郎一身に集中した。

龍三郎が役宅奥の間へ報告に行くと、忠之は喜色満面で、

「龍三、でかしたッ、ようやった！」

長い間、懸案に頭を悩ませていた忠之にとって、愁眉を開くとはまさにこの事だろう。鴉権兵衛一味は目の上のたん瘤だったのだ。江戸庶民の非難が奉行所に集中していたのだから――。

「お奉行、ご相談が——。この鴉権兵衛を火盗改方へ渡してはなりませぬか?」

龍三郎は忠之を真正面に見据えて訊いた。

「何ッ、何と申す、みすみすその方の手柄を、否、我らの手柄を、火盗に譲ると申すか? 何ゆえだ」

「恩を売るんですよ。火盗が血眼で探索し、誤縛したり、過酷な取り締まりで江戸の町衆の恨みを買って、火盗改の評判は地に墜ちており申す。さすれば、此度のこの鴉権兵衛捕縛の手柄は、喉から手が出るほど欲しい筈……」

火付盗賊改方は、町奉行所が町人の犯罪にしか手を出せないのに対して、町人に限らず武士、僧侶であっても疑わしい者を容赦なく検挙する事が認められていたことから、苛烈な取り締まりによる誤認逮捕等の冤罪も多かった。故に市井の人々からの恨みを買う事も多く、町奉行所の与力、同心よりも嫌われているのだ。云わば、町奉行所と火盗改とは犬猿の仲だったのだ。

火盗改方は江戸御府内のみならず、江戸を出た近郊でも捜査出来る権限を与えられ、下手人がどこへ逃亡しようが、追跡することが出来た。加えて犯人が凶暴で無傷で捕らえるのが難しければ、斬り捨てる権限も与えられている。

「何の得があると申す。火盗に手柄を譲ってしまって……」

「磯貝三郎兵衛をあぶり出すのです。取り調べが我が方ではなく火盗改という事になれば、吟味方筆頭与力の彼奴も気が弛む事でしょう。なれど、当方で拷問取り調べということになれば、吟味方筆頭の磯貝の担当となり、手心を加えたり、自己保身の為に権兵衛に何も喋らせず、誰の目にも触れぬよう闇から闇に葬るなどという容易ならざる事態も充分に考えられます。これを私は一番に危惧致し、案じております。幸い火盗には、私と気脈の通じておる同門の剣友が居ります。櫛田文五郎と申す硬骨漢で御座いますが、綿密な打ち合わせを絶やさず、磯貝の行状を洗いざらい白日の下に曝き出し、彼奴の裏に潜んでいる悪の根源に辿り着き悉く討ち果たす所存で御座います。」

珍しく龍三郎が熱弁を振るった。

「う～む。……よし。突拍子もない、前例もない事だが、黒幕を暴き出すには面白い。その方に任せよう」

北町奉行榊原忠之の即断即決であった。

因みに、初代火付盗賊改方の長官は、天和三年（一六八三）幕府御先手組組頭中山勘解由が就任した。元々火付盗賊改方は、町奉行所の下部組織だった。かの勇名を馳せた鬼平こと長谷川平蔵宣以の長官就任はこの約百年後の天明七年（一七八七）の事で、寛政七年（一七九五）まで足掛け九年火盗改方長官を務めた。

火盗改の同心櫛田文五郎とは、日本橋木挽町の龍三郎の行きつけの馴染みの居酒屋〈樽平〉で会うようにしていた。樽平の奥の小座敷で向かい合い、燗酒を盃に注ぎながら、龍三郎が訊く。

「どうだい、鴉権兵衛は？　まだ頑張ってるかい？」

「はぁ、やはり武家崩れという事で根性は持っているようですな。肝心の磯貝三郎兵衛との繋がりはなかなか自白致しません。しかし、今の石抱きの責めで、かなり参っているようですから、どこまで耐えられるか」

──火盗は鴉権兵衛を様々な拷問に掛けたが自白せぬので、海老責めを試した。木鼠吉五郎は耐えたが、権兵衛はその過酷な責めに屈して遂に白状した。あの、反り返らせた背中で両股を潜らせた顎と足首がくっつく迄絞められ、箒尻で呵責なきまで叩きのめされては耐え忍ぶ限界を超えよう──吉五郎に比べて意気地がなかったのだ。

「結城さん、遂に自白しましたよ。磯貝三郎兵衛との関わりも全てね」

〈樽平〉に駆けつけた櫛田文五郎がホッとした表情で報告してくれた。

こういう事だ。鴉一味が押し入る時は目こぼし、手心を加え、見て見ぬ振り、逆に押し込み先の店の絵図面を教え、手引きしていたとか……懐に入れる分け前は五分五分で、権兵衛は『盗人の上前を撥ねる大盗人』と恨んでいたとか……尚且つ、元長崎奉行黒田壱岐守宏忠に取り入ってご禁制の阿片を江戸中にバラ撒く片棒を担いでいたとか……あの見せ掛けの仏面に周りの全てが欺かれていたのだ。

その悪行の数々は私腹を肥やす為だけではなく、幕閣に大枚の賂いで取り入り、己の立身出世を企んでのもの。人の命など虫けらの如く扱う人面獣心とは、まさにこの磯貝三郎兵衛の所業――断じて許す事の出来ぬ、目に余る悪行であった。

龍三郎は斬り捨て御免状を認可された隠密廻り同心として、今こそその勤めを果たすべき時だと腹を決めた。まずは、榊原忠之奉行へ報告し、公に斬り捨て御免の執行の許可を頂くことだ。獅子身中の虫を今こそ殲滅するのだ。

結局鴉権兵衛は鈴ヶ森刑場で火あぶりの刑となった。江戸市中に付け火、押し込み強盗の残虐行為を繰り返した報いであった。鈴ヶ森刑場の竹矢来を囲んだ群衆の怨嗟（えんさ）の声と勝ち誇った歓声のどよめきは天を衝き、それからも江戸中の評判となり語り草となった。

五

一方、〈藤よし〉を襲撃し、板前文治の命を奪った鴉一味の残党、鳴神の太市の行方は杳（よう）として知れなかった。浄禅寺で斬り捨てた屍（かばね）の中には遂に見付からなかった。姿を消してしまったのだ。

元々、権兵衛の命を受けて龍三郎を狙って〈藤よし〉を襲った凶行であったが、あの夜、夜明け前の暗闇に互いに分からずすれ違った為にこういう結果を招いてしまった。

龍三郎の方は悪の本拠地に乗り込み、親玉の権兵衛を捕らえ、手下の十数名を斬殺し成果を上げた。お藤は、文治が身を挺して身替わりになってくれたお陰で辛くも命を永（なが）らえている。

だが、龍三郎には悔いの残る出来事であった。

お藤も頼り切っている板前が居なくなってしまえば、このまま料理茶屋〈藤よし〉を続ける事は適わぬことだ。新しい板前を雇えばよい、という問題ではない。

開店当初の金貸し留五郎の強引な取り立てに、文治は刺身包丁を手に体を張ってお藤を守り、留五郎の横暴を阻止しようとしてくれたという、ただの料亭の女将と板前との結び付きを超える絆だったのだ。その右腕を失ってしまった……。

お藤の悲しみは如何ばかりか……

又、何時再び襲われるとも分からぬのだ。

龍三郎としては、これを潮に八丁堀組屋敷に引越すのもよい考えではないか、とお藤に持ち掛けた。

「どうだい、お藤、おいらの内儀さんになり切れるかい？　長いこと芸者と料理茶屋をやってきたんだ。家に入っちまったら退屈で身を持て余すんじゃねえかと、俺はそいつを心配してるんだが、どうでえ。大人しくしていられるかい？　俺ぁお前一人を〈藤よし〉にゃぁ置いてはおけねえんだよ」

「龍さん、あたしゃ嬉しいよォ。お前さんの女房にしてくれるのかい？」

「幸い俺ぁ三男坊だ。しゃっちょこ張った家の格式なんてものぁ関係ねえ。身一つで転げ込んできてくれりゃあ、それでいいんだ。そのうちお奉行にも会わせる。正式に所帯を持とうぜ」

「嬉しいねぇ、ずぅ～と龍さんの傍に居られるんだねぇ」

お藤は目を潤ませて龍三郎の胸の中に頬を埋めた。


鴉権兵衛が鈴ヶ森刑場で火あぶりの刑に処せられて数日後――。

北町奉行榊原主計頭忠之は、筆頭与力磯貝三郎兵衛を役宅に呼び出した。

お白洲ではない。奥座敷だ。脇に控えるのは、結城龍三郎、只一人――。

磯貝が神妙に畏(かしこ)まって着座した。蒼白な顔付きだ。我が身が窮地に追い込まれたのを察知しているのだろう。

榊原忠之が口火を切った。厳(おごそ)かで、そして諭(さと)すような口調だった。

「磯貝、その方、既に鴉権兵衛の火刑により、己の悪行の全てが白日の下に晒されたのは承知しておろう。観念しておろうな。せめて、お上の御慈悲を持って、武士らしく腹を切らせて遣(つか)わす。覚悟は出来ておるか」

「はて、異なことを仰(おっしゃ)る……それがしには、さっぱり合点(がてん)が行きませぬが……」

顔面蒼白ではあるが、まだ未練がましくこの地位にしがみ付いて逃げ切れると思っているのか……。

忠之が調べ書き帳を拡げ、目を通しながら憐れみを籠めて云った。

「磯貝。すべて権兵衛が、火盗改の責めによって白状しておるのだぞ。もはや言い逃れは出来ぬ。有体に申せ。本所深川の両替商、播磨屋はどうじゃ。小石川根津権現の米問屋、上総屋。覚えがあろう。神楽坂の札差、伊勢屋への押し込みはどうじゃ！　全てその方と権兵衛が結託しての罪状である事は明白なれど今一度吟味致す。禍々しき曲事許し難し、言い逃れは出来ぬ外道の振る舞い！　どうじゃッ！」

忠之がしっかと睨み付け、裁きを言い渡す奉行としての貫禄は辺りを払い、逃れようのない厳しい追及であった。

「これはしたり。与力であるそれがしが左様な事が出来る筈が御座いませぬ。何を証拠に……」

龍三郎は口を出さずにはおれなかった。

「おぅおぅッ、磯貝さん、あんたも往生際が悪いねぇ。悪あがきは止さねえかッ。死人に口無しで、全て権兵衛に罪を擦り付けて口を拭っちまう腹だろうが、そうは問屋が卸さねえぜ。桜湯の湯女殺しもオメエさんの指図だったってねぇ。土蜘蛛の源造が洗いざらい吐いたんだぜ」

「何を申す、同心風情が！　土蜘蛛の源造とか、湯女のおセイなどと。汚らわしいッ！　知らん、知らん！」

今や仏の面をかなぐり捨てて開き直るその顔は醜（みにく）く見苦しい。

「語るに落ちるとぁテメエの事だ！　湯女のおセイと出会い茶屋で逢っただろう？　オイラに勘付かれたと知って、源造に命じて、おセイの息の根を止めたんだろうが！　廻船問屋長崎屋徳兵衛とはどうでえッ、お仲が宜しいんだってねえ。深川の〈喜楽〉での芸者遊びはお愉（たの）しみだったそうじゃねえか。分け前をタップリ頂いて、元長崎奉行、黒田壱岐守と組んでの阿片の抜け荷はどうなんでえッ！　日本橋の鳴海屋の跡取息子の幸太郎に阿片を餌（えさ）に、あたら若い命を弄（もてあそ）び一家全滅の悲惨な目に遭わせやがって、どこまで汚（きたね）え真似をすりゃぁ気が済むんだ！」

「知らん知らん、阿片などと。知らぬ！　存ぜぬ！」

磯貝は、奥歯を食い縛って顔を横に背けた。

「やかましいやいッ！　おぅ、磯貝！　もう逃れ様のねえ証しは上がってるんだぞ。お奉行から、せめて武士らしく切腹しろとのお情けを頂いたんだ。有り難えとは思わねえのか！　潔く、テメエの腹ぁカッ捌けッ！」

「ううむッ！」

追い詰められ歯嚙みし、奥歯の軋る音がキリキリと聞こえるようだ。磯貝の太腿に置いた握り拳の関節が白くなってわなわなと震えている。

――抜いたッ！　左脇に置いた大刀を摑むなり鯉口切った磯貝は、忠之目掛けて片膝立てて上段抜き打ち！

刹那、龍三郎がその刃の下に身を晒し、矢張り右片膝立てて腕を伸ばし、磯貝の鍔元、右手を摑んだ。その膂力の強さは磯貝の柄握る両手を微動だにさせない。

三尺の距離を隔てて、睨み合った。

「オメエさん、権兵衛と同じく中条流だってな。八文字の構えなんざぁ、見たくもねえ。斬るぜッ」

鍔元を握った手を手前に引いて、反動でグイッと押し放した。

磯貝が体勢を崩して後ろにのけ反り、再び大上段に振りかぶるのと、龍三郎が帯に手挟んだ脇差の鯉口を切るのが同時であった。斬り込んで来る磯貝を、龍三郎の一尺八寸の脇差が一閃、右から左へ胴を薙ぎ払った。

「ウワッ！」

磯貝の動きが静止して、腹をカッ捌かれ、大量の血を噴出しながら、まだ刀を上段に振りかぶったまま、眼をカァ〜と見開いて睨んでいる。

立ち上がった龍三郎が片足上げて磯貝の肩を蹴り倒した。

磯貝は耐え切れず後ろへドッと倒れた
「往生際が悪(わり)ィんだよ。おいらがテメエの切腹の手助けをしてやったんだ！　有り難ぇと思えッ！」

龍三郎は、すぐさま忠之の前に正座して、抜き身の脇差を右脇に置き、

「御前、斬り捨て御免に御座います。醜態をお見せ致しました」

と両手を付き辞儀をした。

「うむ。でかした！　それにしても見事な腕よのう、又おぬしに救われた」

呆気に取られ、上気した表情が、アッ、と龍三郎の肩越しに後ろを見た。

龍三郎が背後も見ずに、傍らに置いた脇差を握り、右斜め後ろに刀刃を閃かせて、ひと声叫んだ。

「介錯(かいしやく)ッ！」

首の刎ね飛んだ磯貝の躰が、龍三郎と忠之の間に朽木のように斃れた。

龍三郎が抜き身を右手に背後に隠し、左手付いて、忠之に頭を下げて云った。

「御前、早速畳替えを……血で汚してしまい、申し訳御座いませぬ」

「左様な事はどうでもよい。それにしても凄まじい斬り方よのぅ。ほとほと感服致した」

「恐れ入ります」

頭を下げながら、懐から例の鹿のなめし革を取り出し、脇差をゆっくりと丁寧に拭い出した。

「ほう、懐紙では済まぬのか？」

「はぁ、血脂というものはなかなか綺麗には拭えませぬ。刀身を錆びらせる因となりますので、私はこのように鹿革で……」

「さすが剣を良く使う者は心掛けが違うものよ……今や刀の抜き方も知らぬ侍が多くなったというに……。刀は武士の魂と申すからのう。一遍、そちと酒でも酌み交わしながら剣術談議でも致したいのう」

磯貝の首無し死骸が傍に転がっているのに、この奉行、気にもせず悠長な事を云っている。

「ハッ、折あらば、いつでも……それよりも御前、次なる最後の相手は悪の権化、元長崎奉行、黒田壱岐守宏忠に御座います。神をも恐れぬ悪行の数々、許す訳には参りませぬ。早速、半蔵御門(はんぞうごもん)外番町の、黒田屋敷の探索に掛かりましょう」

「うむ。長崎奉行の笠を着て、尚、息女を大奥に差し出し、側室に召されたのを幸い、幕閣の裏で隠然たる勢力を振るう黒幕、許せぬのう。本来ならば、御目付のお出ましを願いたき処なれど、最早そのように悠長に構えてはおられぬ。一刻も早く悪の芽を摘まぬとな。龍三、その方だけが頼りだ。頼むぞ」

「ははっ」

辞儀をして忠之の前から立ち上がった。

第四章　斬り捨て御免

一

「おぅ、伊之助、今夜はオイラに付き合ってもらうぜ。盗人仕事だ」

「へっ？　どういうこってす？」

鳩が豆鉄砲を食ったような伊之助のきょとん顔だった。

「狙いは直参旗本三千五百石、元長崎奉行黒田壱岐守宏忠。相手にとって不足はあるめぇ、どうだ、伊之！」

「へえ、面白ぇ事になりやしたねぇ。あっしは旦那の云い付けならどんな事でもなんなりと……」

「よし、戌の刻（午後八時）に出るぞ」

五つの鐘を合図に八丁堀組屋敷を出発した二人——提灯を提げて伊之助が夜道を先導する。以前、黒田宏忠の娘、次女香澄の髪結いに呼ばれて訪れたことがあったのだ。

その時の、息女香澄は、十八歳という若さにしては肌が荒れ、目が落ちくぼみ、到底、元長崎奉行の大身旗本の姫様には見えなかったそうだ。

番町武家屋敷——豪壮な旗本屋敷が連なっている。

黒田壱岐守三千五百石。表門はぴったり閉ざされて静まり返っていた。

突如、魂消るような悲鳴というか、泣き声が、辺りの静寂を破って空気を震わせた。

「おくれ〜、おくれよォ〜」

伊之助が、龍三郎にしがみ付きたそうな、おっ怖そうな表情で声を震わせた。

「旦那ァ〜、おくれお化けですぜぇ〜」

「出やがったか、よし、その亡霊の正体を暴いてやろうぜ」

「行灯の油をぺろ〜りぺろりと舐めていやがるのかなぁ〜」

「莫っ迦野郎、猫化けじゃあるめえし……伊之、この土塀はどうする」

見上げれば、高さ一間半（約二・七メートル）の白壁が立ちはだかっている。伊之助が後戻りして三間ほど走ってヒョイと壁を片足で蹴って宙に舞った。瓦葺き土塀の上に難なく飛び乗って、猫の様に蹲り龍三郎を振り返ってニタリと笑った。

その身軽さは持ち合わせない龍三郎は、解いた下げ緒の端を口に咥え大刀を壁に立て掛け、鍔に片足乗せ、手を伸ばして伊之助に引っ張り上げてもらった。咥えた下げ緒で吊った刀を引き上げる。邸内へ飛び下りるのは造作もないことだった。

雑木林の中に見事な築山が拵えてあった。母屋が黒々と影絵のように沈んでいる。闇を透かして見ると、丁度十三夜の月明かりに池の水面が煌めき、ぽちゃんと水の跳ねる音が——鯉か？

広大な庭を忍び足で横切り、軒下に佇む。締め切った雨戸を開けねば、屋内へは侵入出来ない。声を忍ばせ伊之助が云った。

「旦那、チョイと後ろを向いてておくんなさい」

そうする。と、シャア～と音がしたので振り向くと、伊之助が腰を屈めて雨戸の敷居に丁寧に小便を掛けている。そして懐から鎧通しを摑み出し、滑りのよくなった雨戸の下に差し込んで音のせぬよう持ち上げ雨戸一枚を外した。伊之助は草履を脱ぎ、裏を重ねて背中の角帯の結び目に差し込み、足袋裸足(たびはだし)で廊下に上がった。

微(かす)かにキィーと廊下板の軋む音。

あまりの手際の良さに（こいつ掏摸(すり)の前は盗人だったか）とも勘ぐったが、ここは龍三郎も真似て雪駄を脱いで重ねて片挟みの帯の結び目に差し込んだ。解いたままの下げ緒で刀を忍者のように背中に斜めに背負って結んだ。天井裏では帯刀していては動きが鈍る。と言って刀を隠したりこの廊下に立て掛けて置いたりは出来ないのだ。

架け行灯がぽつんぽつんと灯る長い廊下を進むと、障子(しょうじ)に人影が揺れて酒を酌み交わす気配が――。禄高三千五百石の御目見得(おめみえ)直参旗本ともなれば、家臣三十名は下るまい。小者、中間を数えれば四、五十人は居るとみなければならぬ。

時はまだ五つ半（午後九時）、酒盛りも当然か――。

伊之助が人差し指をぺろりと舐めて障子に穴を開けて覗(のぞ)き込む。今や得意技だ。

旦那、と譲るので龍三郎も体を入れ替えて覗き見た。全く警戒の気配もなく、だらけた雰囲気で、侍たちが酒宴の真っ最中だった。

と、背後で床を踏む衣擦れの音が――。振り向くと丁度、盆に銚子を数本載せて女中が廊下の角を曲がったところだ。あっ、と驚きの声を上げる寸前、スッと近付いた龍三郎が結んだ帯のすぐ下の鳩尾に鋭い当て身を食らわせた。声も無くクタッと膝が崩れ、盆を投げ出し廊下に倒れた。盆が転がり、カシャッカチャンと銚子が割れ、酒が流れ零れた。座敷の内から、どうした、と酔っただみ声が聞こえ、立ち上がる気配が。

龍三郎と伊之助は廊下の角を曲がって姿を隠した。

障子をからっと開け、侍が一人酔った足取りで近付き、

「うーん？　どうした、お美代」

と屈みこんで様子を見ている。

「裾を踏んででもして、つまずいたのか」

と全く侵入者があったとは疑念の欠片も持っていない様子で、女中の背に膝を当てがい、グイッと押し活を入れた。もう一度、繰り返している。

龍三郎が伊之助に天井を指差すと、

「へい、任せておくんなさい」

と不敵な笑いを片頰に浮かべて頷き、苦も無く柱をよじ登り、天井板を外して忍び込み、龍三郎に手を差し伸べた。その身軽さに再び舌を巻きながらも、龍三郎も伊之助の手を借りて天井裏に忍び込んだ。

埃と蜘蛛の巣の糸が張り真っ暗闇の迷路が続いている。じっとりと濡れたような暑い空気が淀んでいた。見通せる先の闇のところどころの節穴や微かな隙間の下から灯りが漏れて一条の光となって進む方向の目安となっている。音のせぬよう梁と桟の上を踏んで腰を屈めて奥座敷の方向を目指して這い進んだ。

突如、階下に足音が乱れ、警告の叫びが耳を打った。

「曲者だぁ。曲者が忍び込んだぞッ」

先刻の当て身を食らわせた女中が蘇生し、事情を訊き出したのだろう。家臣たちが慌ただしく障子を開けて部屋を飛び出して来る気配が騒がしく屋敷内へ広がっていく。

あまり悠長に探る時刻が無くなった。その声に追われるように天井裏を奥へ奥へと這い進む。

背負った刀の鐺が梁に当たりコツッと音を立てた。キシッと天井板が鳴った。

龍三郎はドキッとして唇を嚙んだ。途端に、

「誰だッ！」

と誰何する鋭い声が下から――。

続いて手裏剣が一尺と離れぬ処に天井板を貫いて突き刺さった。

（バレたか）

心の臓がドキッと鳴った。

（もう二度と御免だ、決して天井裏には潜り込むまい）

龍三郎は心に誓った。

今までどんな強敵だろうと、何人の無頼漢に囲まれようと、刀を持っての対峙なら、鼓動が速くなるなど経験したこともない。それが今はどうだ。

天井裏に忍んだだけで『見付かるまい』『音を立てまい』と戦々恐々と身を竦めて、かたつむりのように這い進んでいる。

（俺はこんな小心の臆病者ではなかった筈だ）

こんなコソ泥の真似をするのも、己の眼で見、耳で聴き、悪業の確証を得たいが為なのだ。

隣の伊之助が「チュウチュウ」と見事な鼠の鳴き声、そして指二、三本でコトコトコトと鼠の走り去る音を――。

益々（こいつ、掏摸の前身は盗人だな）の感を深くした龍三郎であった。

隅の天井板をずらし、下の座敷を覗き見ると、総髪の痩せこけた浪人が一人、若い女の胸を揉みしだきながら、長煙管を吸っていた。時々油断なく上を見上げる険相は頬がこけ眼は落ちくぼみ、蒼ざめた顔は悽愴な危険極まりない雰囲気を漂わせている。

白い煙がゆらゆらと立ち昇って、甘い匂いが立ち籠めてくる。

（阿片だッ！）

龍三郎は直感した。ご禁制の抜け荷の噂は真実だったのだ。

「あぁ、陣十郎さまぁ〜」

女の喘ぎ声が高くなる。その陣十郎の咥える長煙管をむしり取るように奪って夢中で煙を吸い込む女、陶然とした表情に一変した――。

廊下から警戒して走り回る家臣の声が聞こえた。

「白神先生ッ、此方に異常は御座いませぬか」

「何だ、騒々しい、どうした」

「ハッ、何者か、曲者が忍び込んだ模様で御座います。御用心を！」

「此処は任せておけ、おぬしたちこそ、抜かるなよ」

ハッ、と応じて、押っ取り刀の家臣たちが血眼で探し回っているらしい。

隣の部屋へ移動する。まさにそこは阿片窟、と呼ぶに相応しい様相を呈していた。

――位の高そうな武士や唸るほど金を貯め込んだ大商人風の旦那や、何組もの男と女が絡み合って、煙を吸い、吐き出している――どの顔もうっとりと眼を閉じ、ある者は涎を垂らし、ある者は意味もなく笑い、奇声を上げ、彼らにとっては桃源郷を彷徨う気分なのだろう――世にもおぞましい阿片窟と化しているのだ。

家来たちの探し回る声も遠くなり、果てがないと思われた広い長い暗闇の天井裏を這い進むこと四半刻（三十分）、かなり屋敷の奥へ進んだと思われた頃、突如絶叫が静けさを切り裂いた。

「おくれ～、ああ～、早くおくれェ～、早くゥ～」

若い女の甲高いかすれ声が聞こえた。

又もや伊之助が天井板をずらし、覗いて振り向いて囁いた。

「旦那、こいつがおくれお化けの正体ですぜ。二番目の娘で香澄って名前でさあ」

龍三郎も覗き込む。堅固な座敷牢だった。

美しいうりざね顔だが、最早その美貌は衰え、頬は痩せこけて、太い格子に縋って、白い二の腕を外へ伸ばし虚空をまさぐっている。

「あ～あ、もうすっかり狂っちまいやがった、あっしが髪を結った時ぁまだあそこまでは……」

隣で節穴を覗き見しながら伊之助が呟いた。

「伊之、主の寝所は何処だ？　オメエに分かるか？」

囁く龍三郎に伊之助は自信たっぷりに頷いた。

「へえ、多分……」

いままでの経路とは違う方向へ這い進むとすぐに、一寸ほどの節穴から一条の灯りが漏れている。まず伊之助がへばりついて覗き込み、指三本を立て下を指差して龍三郎と代わりながら囁いた。

「旦那、こいつでさぁ、長崎屋ってぇのは」

覗くと——まさしく三人の男が……、ひとりが当主、黒田壱岐守宏忠だろう。

禿げ頭で両耳の上から後頭部まで真っ白の毛が残り、頭骨の天辺が浮き出し盛り上がっている。小男なのに顔だけがやけに大きく怪異な容貌だ。目も鼻も口も人並みはずれて大きい。息女香澄は、鳶が孔雀を産ませたという事か——。

向かい合って座る、でっぷりと肥満した商人らしき男が、多分長崎屋徳兵衛だろう。

おそらく、黒田壱岐守が長崎奉行時代からの、出入りの御用商人としての付き合いが、解任され江戸に戻っても腐れ縁で続き、暴利をむさぼる同じ穴の貉なのだ。

もう一人後ろで束ねた白髪に同じく白い顎鬚、十徳の上着を羽織り薬籠箱を脇に置いた医師らしき老年の男が居た。主、壱岐守宏忠が医師に訊いた。

「良庵、香澄の容態はどうじゃ?　少しは快方に向かっておるのか」

良庵と呼ばれた医師が遠慮深げに口を開いた。

「御前様、わたくしも御典医として、蘭方医として最善の治療を試みて参りましたが、これ以上の御快復は御無理かとお診立て致します。阿片中毒者を治す治療薬など御座いますものかどうか……わたくしの匙加減で香澄姫の御容態をお楽にするには、又再び、ひと匙阿片を与えること、叶わぬならば禁断症状に陥った時に、御異存がなければ、心を鬼にして放っておくことが出来ますものかどうか、に懸っているかと存じまする」

「う～む。わしが甘やかし過ぎたからかのぅ」

壱岐守宏忠が、眉間に皺寄せ、太い溜息を吐いて、脇息に凭れて呟いた。

医師の良庵が膝を乗り出し、

「御前様、それはどういう……」

「うむ。姉の美鈴を大奥へ奉公させ、望んだ通り上様〈お手付き〉となり、もしやお世継ぎの男児を産み〈お部屋様〉にでも成れば、黒田家の栄耀栄華は約束されたようなものじゃ。それを又、次女の香澄に期待したのが、間違いの元であった。可哀そうに、姉と比べられて意気消沈し気鬱になってのぅ……。あの時、用心棒の白神が吸う阿片の甘い香りに誘われて、つい手を出したのが破滅への道であった。一瞬の快楽に身をゆだね、それがもう常習となって、昼夜を問わず『おくれ、おくれ～』と泣き叫んでのぅ。今や町衆の間にも、お化け屋敷、亡霊が住んでいると、あらぬ噂が広がり、なす術もない。良庵、そちの匙でもどうにもならぬか」

「ははっ、精一杯の治療は施しましたが、最早手遅れかと……」

「う～む。此度は世話になった。これは本日の御匙料じゃ」

壱岐守宏忠が、傍らの金箱から、切り餅四個を取り出し、紫色の袱紗に包んで、良庵の前に押し出し、横柄に云った。

「百両じゃ。内密にな。さもなくば一蓮托生ぞ。分かっておろうのぅ、良庵」

蘭方医良庵が慣れ切った様子で、それを懐に入れ、狡猾な表情を浮かべて云った。

「御前様、又、参勤御常府中の暇を持て余しておられる御大名の奥方や御息女など御紹介賜りますれば、幸甚に御座います。それでは、ダンクユーヴェル」

見え透いた畏まった辞儀をして、オランダ製の薬籠箱を抱えて退出して行った。

「ふん、オランダ語なぞ遣いおって、悪徳医者め。長崎の頃から目を掛けてやっておるというに、恩義も感ぜず足元を見くさって……」

見送りながら、壱岐守が苦々しく盃を呷った。

龍三郎は、頭の片隅に〈良庵〉の名を書き入れた。壱岐守と呉越同舟のこの悪徳医師が、この甘美な毒、阿片をそこら中にバラ撒き、その匙の加減具合で袖の下をたっぷりと膨らませている。この亡国の芽を一刻も早く摘み取らねば……。

良庵は斬り捨てずに、お奉行の手に裁きの縄をお渡しせねばと決意を固めた。

長崎屋と思える商人が、銚子を傾け注ぎながら、上っ面だけの懸念を見せて云った。

「御前様、香澄姫様のことはさぞご心配で御座いましょう。しかし、此方はすべて順調に運んでおります故、ご安心のほどを」

「それにしても、あの磯貝め！　詰まらぬ事で馬脚を現わしおって！　押し込み強盗の上前を掠(かす)り盗(と)ろうなどとあくせく小賢(こざか)しい策に溺れておるからじゃ。わしの手足となって阿片の拡販のみに従じておれば良いものを……バカ与力が！」

苦虫を噛み潰(つぶ)すように吐き捨てた壱岐守宏忠に、掌を擦り合わせて長崎屋が云った。

「御前様、磯貝如き飼い犬一匹消え去ろうと、何するものでも御座居ません。阿片取引の核心については、一切蚊帳(かや)の外で御座居ましたから、何ら御懸念無きよう……」

龍三郎は、天井裏から覗き見ながら、泥水の底を餌を求めて口をパクパクと喘がせる磯貝の姿が重なり、哀れを覚えた。黒田宏忠の強欲な声に、現実に引き戻された。

「うむ。長崎屋、次の荷はいつ着くのじゃ？」

「はい、万事手落ちなく御朱印船が品川沖に着けば、手筈通り三、四日後には……」

「うむ。阿片が生む利潤は莫大なものだからのぅ。金だけではない。幕閣の御偉方や御大名など、馬の鼻先にぶら下げた人参の如く吸い寄せられて来るわい。あとはその御馳走の匂いを嗅がせ、ちらっと見せてやれば、此方の思うがままじゃ。ふふふふふ。そちの懐も黄金色が膨らみ過ぎて躰を動かすのが億劫であろうが」

「御前様こそ……膨大な袖の下で幕閣の思惑をも左右させるような絶大なお力をお持ちなされて、もうお望みのお役も目の前で御座りまするなぁ……」

「うっふっふっふ、そちにも大枚のおこぼれが転げ込むであろうが、それ以上太るなよ、長崎屋ッ」

たった今まで娘の症状を案じていたというのに、その舌の根も乾かぬうちにもう悪企みのこの豹変ぶりだ。武家社会のみならず、江戸町衆を、阿片という甘い汁で誘惑し、もう抜け出せぬ地獄の苦しみを与えても恬として恥じぬ悪辣非道の権化と云ってもいいだろう。天井裏から覗く龍三郎は、益々ぶった斬る決意を強くしたのだった。

「よし、受け取りは、長崎屋お前が指揮を執れ、用心の為、白神を付けて遣わそう」

「ははぁ、恐れ入ります。委細お任せくださいますよう」

「疲れた。わしはもう寝るぞ。御苦労だった」

白羽二重の短軀の寝姿が立ち上がったのを潮に、長崎屋も深く辞儀をして立ち上がって去る気配だ。

「伊之、こっちも引き揚げようぜ」

と囁き、伊之助の後を蜘蛛の糸を払いながら続いた。警戒中の不寝番が手燭を持って廊下を見回り、庭にも龕灯を照射して立ち番の家臣が数人居たが、誰にも気付かれる事なく、闇に溶け込み黒田邸を後にした。

蜘蛛の巣だらけの肝を冷やす長い夜だったが、確かな収穫は摑んだ。成果有りだ。

早く帰って水を浴び、汗と蜘蛛の糸と、嫌なものを見た気分をさっぱりと洗い流したかった。そのあとは酒だ。

二

次の日から番町、黒田屋敷を張り込ませた。伊之助一人では、誰かを尾行した場合に、代わりの見張り役がいなくなってしまうので、龍三郎は同心轟大介に、配下の岡っ引きの万吉を三、四日間貸してくれと頼み込んだ。

轟大介は二つ返事の大乗り気で、伊之助と万吉の二人は黒田邸の表門に張り付いた。

「私にも何卒お手伝いさせて頂きたくお願い申し上げます」

と気の逸る轟には〈長崎屋〉を探ってもらった。永代橋を渡り大川沿いの、深川相川町に、廻船問屋、長崎屋徳右衛門の大店が在る。定町廻り同心轟大介の受け持ち区域だ。

一日目は動きなし、二日目に動いた。

九つ（昼十二時）を回ってすぐに、表門脇の潜り戸から、あの白神陣十郎と呼ばれた痩身の浪人が菅笠を被ってうっそりと出て来た。後ろに従うのは、何とあの、額から眉への刀傷の鳴神の太市――。

（あの野郎、こんな処に潜り込んでいやがったか）

と、伊之助はあとを万吉に頼んで、逃がしてなるものかと、舌なめずりして尾け出した。長い白土塀の続く武家屋敷小路なので警戒心も薄れているのだろう、二人はのんびりと歩いて行く。振り返られたら一本道の小路なので容易く発見されてしまう。伊之助は一丁ほど離れて、松の木や石灯籠を盾に身を隠して、慎重に尾行した。

すれ違う人の数も多くなって、町家の並ぶ通りへ出て来た。

両国広小路——江戸で一、二を争う盛り場だ。

（はて、どこへ行くのか？）と、突如、陣十郎の前に、四十がらみの日焼けした顔色の町人が一人立ち塞がり、ひと言、二言喋り、何かを手渡して、何食わぬ顔で双方がすれ違って行った。

それを伊之助の眼は見逃さなかった。途端に、伊之助の指がむずむずと熱くうずき出した。以前の、巾着切りの血が騒ぎ出したのだ。

あの陣十郎とかいう浪人者の懐を狙ってみたい……（掏りたい）欲求と、果たして（掏れるか？）の不安が胸中で葛藤している。

龍三郎と約束して巾着切りの足を洗って三年——指も、錆び付いてしまっているかも知れない……だが、昔取った杵柄(きねづか)、この指が、あの感触を、一瞬の間を忘れてはいない、腕に覚えありだ。

今見た陣十郎が受け取った物は、本物のお宝だと囁く声が消えない。

獲物の両手は袂(たもと)の中だ。（掏れる！）腹を決めた。

人混みの回向院(えこういん)境内、蝦蟇(がま)の油売り、飴(あめ)屋、風車(かざぐるま)屋などの露店が居並び、参詣の老若男女がもの珍しげに行き交い、雑踏を極めている。

先回りした伊之助はツゥと身を寄せ、人に押された振りですれ違った。

体が触れたか触れなかったか？

――掏ったァ！　確かに摑んだ。指の間に挟んだ、紙片で包んだ硬くて薄い木片の感触！　右手から左手へ移した。その途端――。

「下郎(げろう)ッ！」

押さえた怒声と同時に右手指三本が摑まれた。

ギョッと振り返れば、菅笠の下から殺気を籠めた落ち窪んだ眼が睨(にら)んでいる。

摑まったのは三年前の龍三郎の時以来だ。侮(あなど)れぬ手練の早業――グイッと捻(ねじ)られた。激痛がッ……真ん中三本の指が力任せに折られた。

指の折れたのも構わず浪人者の掌から無理やり引き抜いて駆け出した。

「逃がすなッ、追えッ！」

浪人白神陣十郎の下知に、

「待ちやがれッ」

と猿臂を伸ばす鳴神の太市を振り切って、雑踏の中に紛れ込んだ。

あとは、韋駄天の伊之助の本領発揮だ。人の切れ目を縫って、疾風の如く駆け抜けた。

(恐ろしい奴！　龍三郎の旦那と同じく、両懐手で居たのに、腕を摑まれた。この獲物を龍三郎旦那が喜んでくれりゃいいが。はた又、巾着っ切りに舞い戻ったかと叱責されるか？)

左手で懐の獲物を押さえながら、伊之助は八丁堀目指して駆けに駆けた。右手の指はズキズキと痛みが増している――。

三

『水無月、丙子（十八日）亥の刻（午後十時）仙台堀、相生橋下。符牒の割り符をお忘れなき様』

拡げた紙片に記された文字を睨み付けながら、龍三郎は唸った。

「伊之助、でかした！　こいつはご禁制の阿片の取引の日にちと時刻と場所と、割り符の合図の手形だろう。オメエ、大した(てえ)モノを掏り取ってくれたなぁ。利き手の指を三本折られちまったが、礼を云うぜ。痛(いて)えか？」

「テッヘッヘッヘッヘ、これぐれぇ何ともありゃぁせん。掏り取って褒(ほ)められたのぁ初めてでござんすねぇ。けど、掏った後に手を摑まれたのぁ旦那と、さっきの薄っ気味悪(わり)ィ浪人の二人だけですぜ。恐(おっそ)ろしい野郎で……」

お藤が、酢入りのうどん粉をこねて塗り、握り飯の様に黒紫色に腫れ上がった右手を、湿布で手当てしてくれて包帯で首から吊っているが、痩せ我慢で痛みを堪(こら)えているのが見てとれた。

「この割り符は深川八幡宮のご参詣のお札(ふだ)を真っ二つにしたもんだ。この鳥居の絵柄がピッタリ合わなきゃいけねぇんだろう。伊之、オメエは利き手が使えねぇんじゃ髪結いは勿論だが、明日の晩は足手まといだ、付いて来るんじゃねぇぜ」

「旦那ぁ、そんな殺生(せっしょう)なぁ。手は利かなくともあっしにゃ、韋駄天と云われるこの足があるんですぜ。足手まといにゃなりやせん！　連れてっておくんなせえ」

龍三郎は、必死の形相で頼み、縋ってくる伊之助が可愛かった。

その時、ガラッと腰高障子が開いて、岡っ引きの万吉が飛び込んで来た。

息せき切って上気した顔で云った。

「御免なすって。おぅ伊之助さん、帰っていなすったか？　心配しやしたぜ、あの後日暮れ前に、あの浪人と鳴神の太市って野郎が血相変えて戻って来やがったが、後ろにお前さんの姿が見えねえんで、あれっ、と案じておりやしたが……その手はどうしなすった？」

「テッヘッヘッへ、怪我の功名ってやつよ。万吉親分、済まねえ、置いてけ堀にしちまって」

「結城の旦那、うちの轟の旦那がどうしてもお手伝いさせて頂きたいと申しておりやす。あっしはその使えで、へぇ」

「万吉、済まねえが伝えてくんな、明日は、八丁堀同心とバレちゃまずいんだ。轟には、深川相川町の長崎屋徳兵衛の方を見張ってくれるよう頼んであるんだが……明晩亥の刻、何かが動きだすぜ。そいつを待ってなって伝えてくんな、どうでぇ」

「へえ、分かりやした。そう伝えやす、御免なすって」

万吉はそそくさと帰って行った。主人思いの気の利く手先だ。(俺にもこういう目端の利く岡っ引きが一人居てもいいな、伊之助は別にしても)と龍三郎は心に留めた。

翌る晩五つ半(午後九時)、お藤が、もう結城家のしきたりとなった火打石を打って切り火を切り、龍三郎は組屋敷を送り出された。厄を除け、縁起の悪いことや危険な目に遭いませんようにと、辰巳芸者時代からのお藤の習わし。精一杯の願いを込めた切り火であった。お藤はもうすっかり武家の内儀になり切り、龍三郎の世話を焼くのがさも嬉し気に、手拭いを姐さん被りで立ち働いている。組屋敷内の若い娘たちを集めて常磐津の稽古で三味線を教えているのが気晴らしか? 龍三郎にしても格式張った武家の暮らしは肌に合わぬのだ。お藤と二人、気楽な暮らしだった。

龍三郎と伊之助は、八丁堀からは近い大川永代橋を目指してのんびりと歩いていた。伊之助は風呂敷に包んだ見せ掛けの千両箱を、重そうに左肩に担いでいる。

半月が大川の水面に映りゆらゆらと揺れて輝いていた。梅雨どきのじっとりとした生温かい川風が、肌にまとわりつく。

高尾稲荷を左に見て永代橋を渡って北詰めを左に曲がり、大川沿いに五丁ほど、下之橋、中之橋、上之橋、を過ぎて右に折れると仙台堀――。永堀町の、もう一丁先が相生橋だ。この辺りはもうシーンと闇の中に沈んでいる。

人っ子一人、犬っころ一匹、歩いていない。

相生橋の上に立った。

(早く来過ぎたか?)

突然、龕灯のまばゆい強い光が川面から二人を照射した。掌で灯りを遮り、透かして見ると、掘割に猪牙と呼ばれる細長い小舟に男が三人乗って、一人が棹を使って橋下の舟寄場に着けようとしている。

龍三郎と伊之助は迎えるように、堀端の石畳へ降りた。鯉口はもう切っていた。

荷おろし場に舳を着けると身軽に飛び下りた赤銅色に日焼けした逞しい男が二人。――褌一丁に真っ赤な晒しを腹に巻き、刺し子の袢纏を着た船頭風の男の一人が、不審そうに云った。

「あれぇ～、オメエさんは初めて見る顔だな。黒田のお殿様の手の者に間違(まちげ)えはねえよな？　割り符は持ってるんだろうな？」

「おぅ　これかな？」

龍三郎は、伊之助が指の骨三本の骨折を代償に手に入れた割り符を懐中から取り出し手渡した。男も晒しの腹巻に挟んだ間から取り出した割り符の片方を重ね、絵柄の朱色の鳥居が合わさった札を見て満足そうに云った。

「おお、ピッタリだ。間違ぇねえ」

「どれ、拙者にも確かめさせてくれ」

と龍三郎は図々しく手を出した。受け取り、ふむ、と頷き、自分の懐へ仕舞う。

「おいおい、そいつはぁ……」

と気色(けしき)ばむのを制して、

「いやいや、これは黒田のお殿様にお見せせねばな」

と強引に捻(ね)じ込んだ。

「ふぅ～ん。ほらよ、これがお宝だ。で、銭はそれかい？　オメエさん、腕はどうしなすった？」

もう一人の船乗りが千両箱よりチョイと小さい大きさの木箱を差し出し、伊之助の肩から吊った腕を見ながら狡猾そうに云った。

「この木箱が一万両以上に膨らむんだ。堪ぇられねぇ御馳走だぁな」

龍三郎が、ふん、と鼻先で笑ってその木箱を受け取ろうと手を伸ばしたその時――。

「待てッ。渡してはならんッ！」

何処からか腹の底に響く制止の声が聞こえた。同時に闇の中からばらばらと黒覆面の侍四人と、懐手の用心棒白神陣十郎がのっそりと現われた。侍たちが羽織を脱ぎ捨てるとその下は襷掛け、股立ち取って抜刀し、堀の向かい、橋の上から駆け寄って来る。

（待ち構えていたのだ。取引はいつも、日にちこそ違え、同じ場所、同じ時刻だったのだろう）

「な、何でえ、どうしたんでぇ！」

慌てふためく船頭を、既に鯉口切った龍三郎の胴田貫が抜き打ち一閃、胴を薙ぎ斬った。ギャアッ、とのけ反った船頭の手から滑り落ちた木箱を間一髪受け止め、伊之助に放り投げながら叫んだ。

「伊之ッ、走れッ、奪られるんじゃねえぞ！」

伊之助が担ぐ偽千両箱が手を離れて落下し、堀端と猪牙舟の舟底に大小さまざまの石ころが零れ落ちた。飛び付くように危うく木箱を受け止めた伊之助に龍三郎が怒鳴った。

「伊之ッ。オメエの足の見せ所だ。命懸けで突っ走れッ！」

「ヘエッ！」

包帯で吊った右腕ではなく、左腕に木箱をしっかと抱え込み、背中を丸めて駆け出した。

「逃がすな、その町人を追えッ！」

白神の下知に近くの二人の侍が刀を振り上げ伊之助を追った。龍三郎も走った。

伊之助の前にも一人、立ち塞がった。前後を挟まれ橋の上で伊之助が進退きわまった。

「アワワワワッ」

伊之助が木箱を胸に抱え、金輪際渡すものか、と悲痛な覚悟で堀へ飛び込もうと欄干に足を掛けたその刹那、追い付いた龍三郎の刃が煌めき二人の侍の背中を、右、左に袈裟懸けで斬って落とした。ウワッ、と叫んで派手な水飛沫を上げて、二人は堀に頭から落下した。通せんぼの格好でまだ前に立つ侍に向かい合った龍三郎が背で云った。

「伊之ッ、オメエは泳げねえんだろ、無理するな。得意の韋駄天だ、走れェ〜ッ」

へえッ、と頷いて伊之助の姿は、逆に後ろの闇の中に駆け込んで融けた。

背後からうっそりと近付いた白神が薄気味悪い声で云った。

「今のは、この間俺の懐から割り符を掏った巾着っ切りだな、あの時は俺も迂闊だった。おい貴様、この始末は付けるぞ。吠え面かくなよ！」

懐手を解いて鯉口切って大刀を引き抜いた。悠然として自信あり気だ。

「おい用心棒の先生、今夜は阿片を吸ってねえのか？『あれ〜、陣十郎さま〜』ってな。俺ぁ見ちまったんだよ、聴いちまったんだよ、天井裏でな。鼠じゃなかったんだぜ、あれぁ。あん時オメエが、若ェ女中の乳揉みながら投げた手裏剣は一尺外れた。惜しかったなぁ」

龍三郎は、こういう切羽詰まった状況になると饒舌になり、相手を怒らせ、揶揄したくなるのだ。悪い癖だ。

「貴様ぁ～ッ」

蒼白の相貌が怒りでどす赤く歪み、引き攣った。大刀はゆっくりと八双に構えられた。後ろに草履の足音が響き、残ったもう一人の侍が駆け付け、背後を固めた模様だ。

堀端から船乗りの持つ龕灯に照らされて、小橋の上で相対する龍三郎と、前後から挟撃せんと企む白神と侍の姿が浮き上がった。もう一人の船頭も駆け付け、白神の傍に並び、口から唾飛ばして喚きだした。赤銅色の顔がどす黒く染まって憤怒の形相が凄まじい。

「野郎ッ、騙しやがったな。俺たちぁ、あんな石ころと交換するために、長崎出島から御朱印船に乗って長ぇ航海をして来たんじゃねえんだぞッ。クソッ、生かしちゃおけねえ。野郎ッ！」

見れば、長さ六尺の銛を弓の弦を引き絞るように構え、龍三郎の胸板を狙っている。

龕灯に反射した樫の棒の先端の、長さ一尺の鉄製の逆さ鉤が不気味だ。

船頭は、今にもその狂暴な銛を投げ付けようと腕を後ろに伸ばした。

「やかましいやいッ、ご禁制の阿片だけに留まらず、他にもギヤマンや鉄砲短筒を抜け荷で仕入れやがって。天下御免の朱印状をいい事に、元長崎奉行と組んでありとあらゆる悪さをやりてえ放題じゃねえか！　テメエら、海賊と同じだ。俺は斬り捨て御免状を頂いてるんだ。遠慮しねえで叩っ斬るぞ！　観念しやがれっ！」

「クソッ。ほざきやがったなッ。一文無しの手ぶらで尻尾(しっぽ)巻いて帰る(けえる)わけにゃあ、いかねえんだ、俺たちぁ！」

「ふふふ、お勘定は長崎屋徳兵衛さんに払って貰うんだな」

「野郎ッ、喰らえ！」

真正面から禍々(まがまが)しい銛が龕灯の光に煌めき、龍三郎の胸目掛けて飛来した。

一歩右へ避けながら、胴田貫の峰で払うとカキーンという音と共に、銛は夜の闇の中へ飛んで消えた。間髪(かんはつ)を入れず、船頭が鉈(なた)のような刃物を腰から抜いた。

体勢が崩れた龍三郎の隙を狙って背後の侍が、おのれッ、と気合を込めて上段から斬り込んできた。すれ違いざまに侍を抜き胴に薙ぎ斬り、振り上げた上段から右袈裟斬りに船乗りを叩っ斬った。

「ギャ〜ッ」

と二人の絶叫が重なって、掘割の中へ欄干を越えて二人共頭から、血飛沫と水飛沫を派手に上げて落下した。

それを黙然と見ていた白神が無表情な声音でうそぶいた。

「貴様、役人か。斬り捨て御免だと？　面白い、見事斬り捨ててみろッ」

「へえ～、今夜は阿片を吸ってねえのに大丈夫かい？　もう躰も何もボロボロだろう、立ってるだけで精一杯じゃねえのか？」

静かに右地摺り下段に構えた。静寂の気がシーンと辺りを支配した。

遠くに犬の遠吠えが侘しげに聞こえた。そして、四つ（午後十時）を告げる鐘の音が鳴り始めた。

龕灯に照射されてくっきりと浮かび上がる小橋の上に対峙する二人の剣客――。

吐く息、吸う息が、同じ時を刻む。

龍三郎の〈活人剣〉は、殺人刀とは違う。悪を一人斬って多くの人を活かす――。

立ち合いの場に於ける座取り、すなわち、身を置く位置のことだ。これを〈水月〉という。水に映った月の影――斬り掛かっても決して水に映った月は斬れない。

つまり、斬り掛かられても決して斬られない処に身を置く。是極一刀を最も重視している。

究極の一刀は、刀を振るうことではなく、相手の働きを見極めることなのだ。敵の機を見るのを第一刀と心得、その機を見て討ち掛ける太刀を第二刀と心得よ、という教えだ。

今、間合いは一間、お互い一歩踏み込めば刀は届く。

互いの呼吸を計る——吐く息、吸う息が斬り込みの気を窺う。

白神陣十郎が耐え切れ無くなったか、キェ〜イッ、と怪鳥の如き雄叫びの声を放って、八双の構えの刀が右斜め上から刃風を起こした。

秘剣〈龍飛剣〉——下段から擦り上げた龍三郎の胴田貫は、白神の刀を上空へ跳ね飛ばし、車に回した剣尖は左頸筋を斬り裂いた。噴き出した鮮血がシャ〜ッと霧のように立ち昇った。白神の眼がカッと見開き、よろっと一歩躰が揺れ、龍三郎を睨んだ。

「無念ッ」

口の端で呟くと、白神は血を噴き出しながらザンブと掘割に落下し、水中に没した。

用心棒白神の最期を見届けて、残ったもう一人の猪牙舟に乗った船乗りが、龕灯を抛り出して棹を握って石壁を突き、掘割の闇の中を漕ぎ、逃げ去った。

多分、長崎屋へ駆け込み、この不首尾を報告することだろう。目算の外れた長崎屋の慌てふためき様が目に浮かぶ。ザマァ見ろだ。

あとはシーンと暗闇が支配している。ちゃぷちゃぷと堀端に寄せて打つ川のさざ波の音のみ――。龍三郎が、血糊を鹿革でゆっくりと拭っていると、

「旦那ァ、やりやしたねぇ」

忍び声が聞こえ、暗闇から、木箱を抱えた伊之助がのそのそと姿を現わした。

「なんでぇ伊之、オメエまだそんなトコに居たのか。早く逃げろ、って云っただろうが」

「だってェ、心配で、旦那一人残して行けやしませんやぁ」

「莫っ迦野郎、そんな心配は要らねえんだよ。これからは、俺が走れと云ったら、何が何でも脇目も振らず一目散に走れ、分かったか！」

「へぇ～い。しかし上手ぇこといきやしたねぇ、旦那ァ。あっしは千両箱を落っことしちまいやしたが……やっぱ、左手一本てのぁ……」

「なぁに、あれぁ石っころじゃねえか、どうってことぁねえよ。本物の千両箱だったら大変（てぇへん）だったがな。ところで伊之、さっきはオメエ、ほんとに川ン中へ飛び込むつもりだったのか？　俺は金槌（かなづち）だって吉原のお歯黒どぶで自慢してたじゃねえか。あれぁ嘘か？」

「いえ、あっしと一緒に阿片も水の底に沈んじまえば、奴らに奪い返される心配はねえって思い付きやして、あのままドンブリコと……」

「伊之、オメエはいいトコあるなぁ。よぉ～し、このまま、お奉行んとこへ行くぞ」

「へっ？　こんな遅（おせ）ぇ時刻に……もう四つを回りやしたぜ？」

「善は急げって云ってな、いい知らせは一刻も早（はえ）ぇ方がいいんだ。待つ身としちゃあなぁ。行くぜ」

二人は薄い星明かりの下を提灯なしで歩き出した。どこかで又、犬の遠吠えが聞こえた。

四

呉服橋御門内、北町奉行所——二人の足で小半刻だ。表門の横、通用口の潜り戸を叩くとすぐに宿直の中間が戸を開け、

「あっ、これは結城様。遅い御用で」と腰をかがめた。

「おぅ、御苦労だが、お奉行にお目に掛かりてえんだ。取り次いでくんな、火急の御用だってな」

「はい、只今直ぐに。お入り下さいませ」

中間が奥へ駆け込んで待つ間もなく、榊原主計頭忠之、奉行自らが玄関式台に姿を現わした。白羽二重に渋染めの袖無し羽織姿はもう寝る前だったか。

「おぅ龍三、その方がこんな夜遅う訪うとは珍しい。何があった?」

「ハッ、申し訳御座いません。火急の事態ゆえご迷惑も顧みず……おぅ伊之助、オメエは作蔵んとこで、茶でもゴチになってな」

言い捨てて、木箱を抱えて忠之の後に続いて奥の居室へ上がろうとしたその時、潜り戸から同心轟大介が駆け込んで来た。

した。

「結城さ〜ん」

玉砂利を蹴散らして、玄関式台の前に片膝付くと、一気に息も継がずに喋りだした。

「お奉行ッ、番町黒田屋敷から走り詰めで御座います。亥の刻過ぎに長崎屋徳兵衛が、慌てふためいて相川町の店をあの肥え太った身体を駕籠に押し込んで飛び出して行ったんで後を尾けると、番町の黒田邸へ一目散、血相変えて駆け込みました。今、手先の万吉が見張っておりますが、何が起こったのでしょうか。昨日結城さんからは、亥の刻頃を楽しみに待っていろとの伝言で御座いましたが……」

長崎屋徳兵衛を追って相川町から番町、そして此処まで一気に休みなく駆け続けて来たのだろう、ゼエゼエと息が上がり顔面は汗に濡れている。

「悪党共がお宝奪われて泡食って顔を揃えやがったか……御前、まずは、この証拠の品を御覧下さいませ」

「おおッ、おぅ、それが先じゃ。轟、お前も一緒に参れ」

「ハッ」

喜び勇んだ轟が足音荒く二人の後ろに続いた。

奥の居室で対座した三人の前に、奪い取った木箱と割り符が置かれ、伊之助が掏り取った、日時と場所を記した約定の書き付けが拡げられている。

木箱には錠前鍵が掛かっていたが、龍三郎が鞘の鉄環の鐺(こじり)でガンと叩くといとも簡単に外れた。

蓋を開ければまさしく、御禁制の阿片！

ケシの薬汁が凝固し、これを乾燥加工した黒い粘土状の塊が一杯に詰まっていた。

奉行と轟は「アッ」と大きく息を呑(の)み、そして太く、長い溜息を吐きだした。

幕府は一般の抜け荷には死刑を含む厳刑を持って臨んだが、抜け荷の相手である外国人や、唯一琉球との貿易を許された薩摩藩のごとき大藩を処罰しなかったため、幕末に至るまで抜け荷を根絶する事が出来なかった。

今、長崎奉行の要職を解かれた黒田壱岐守宏忠が、当時の権力の笠を着て暴利をむさぼり、江戸に戻っても尚秘かに、幕府から認可を頂いた御朱印船に息の掛かった配下を乗せて、やりたい放題の悪行を重ねていた。私利私欲のためだけに江戸中に阿片という毒を振り撒いているのだ。

それは一時的な快楽を求め阿片の虜になってしまった人々から、吉原遊郭を手始めに、人から人へ、隅から隅へ蔓延し、留まる事を知らなかった。参勤交代の各藩の江戸藩邸の子女までにも蔓延っているらしい。その毒を国許まで持ち帰ったら、瞬く間に六十余州全国に拡散し、防ぎようにももう手遅れとなり取り締まる術が無くなる。亡国の源となってしまうのだ。

町奉行としても白洲へ召喚出来るのは朱印状を許可された廻船問屋の長崎屋徳兵衛のみ。直参の黒田壱岐守は御目付の管轄なのだ。悪徳医師良庵からは、芋づる式に悪の根源が暴き出されるであろう。これだけの証拠が揃っているのだ。最早のうのうとのさばる黒田壱岐守、長崎屋ら悪党共を捨てては置けぬ。

(今こそ、斬り捨て御免だ) 龍三郎の堪忍袋の緒も切れた。

「御前、今宵すぐにも乗り込ませて頂きたく、お願い申し上げます」

「う〜む。わし一人の存念ではのぅ。今から老中首座水野忠邦様、大目付織田信節様の御裁可を頂くには時刻がのう……」

忠之自身が北町奉行を辞した後、大目付に就任するのだが——この時はまだ、町奉行職。己一人の判断では踏ん切りが付かぬのだ。

「御前、この時を逃がしたならば、彼奴は尚、幕閣の裏で隠然たる権勢を揮い続けることでしょう。好ましからざる人物から有り余る賄賂、便宜供与を受け、大奥に差し出した娘が上様のお手付きとなり側室となったかどうかなど拙者には知らぬ事。たった今奪い取ったばかりのこの動かぬ証拠の阿片を目の前に突き付け、申し開き出来ぬよう、進退極まる立場に追い込むのです。御目付が、武士の情けで切腹を仰せ付けても、悪あがきを続け潔く腹を切るとは思えませぬ。遠国奉行九年で貯えた金銀財宝を後生大事に抱えて、悪徳商人長崎屋共々、ルソン、ジャワなど異国へ逃亡するやも知れませぬ。今宵只今より悪の巣窟へ乗り込み、ことごとく悪は斬り捨てましょう！　何卒、ご決断を！……御前！」

「ううむ。……よしッ、何ぞ事あらば、わしがこの老い腹かっ捌けば済む事！　龍三ッ、出張るぞ！」

榊原忠之、顔は真っ赤に上気させ、眼光炯々として虚空を睨み、決意の程が見て取れた。北町奉行として迅速かつそつのない裁決を行ない十七年に及ぶ長期在任の中でもこれほどの迅速果断は初めてであったろう――。

傍に控えた、若き同心轟大介が膝行し、両手を付いて、まなじり決してひれ伏した。

「お奉行、結城様、私もご一緒にッ！　何卒ッ、何卒、お願い申し上げまする。

決して足手まといにはなりませぬゆえ」

龍三郎が奉行榊原の顔色を窺った。忠之が見返し、うむ、と頷いた。

「よし、轟、お奉行のお許しが出た。連れてってやらぁ。オメエ、女房、子はまだだったよな。だが、オイラはオメエのことぁ構ってやれねえぜ。自分の身は自分で守れ、いいな。練兵館道場で教えた通りだ。人を斬る間合いに入る勇気が持てるかどうかだ。鍔元で斬る心算で思い切り踏み込め。それが生死の分かれ目だ。只、百三十年前の赤穂浪士の吉良邸討ち入りじゃねえが、轟、オメエは鎖帷子を着込めよ。黒田の家臣は三十余名は下るめえ。この前天井裏に忍び込んだ時にゃ酒盛りでダレた家来ばかりだったが、中にゃぁ、主君の為に命を捨てても刃向かう奴もいるだろう。そういう奴等は叩っ斬る！　そん中へたった二人で斬り込むんだぜ。脅す積もりはねえが、覚悟はいいな！」

「ハッ、もとより覚悟の上、私めの働きを御覧ください。では支度をして参ります」

と押っ取り刀で部屋を飛び出し、同心部屋へ駆け込んだ。

「作蔵ッ、作蔵〜ッ、皆の者を起こせェ、出張るぞ、支度せぇい！」

奉行忠之の大声の下知に忽ち屋敷中が沸き返った。

蜂の巣を突っ付いたように、上を下への大騒ぎとなった。ドタドタと同心が駆け回り、ぶつかり合って、

「馬だァ、馬ひけィ！　高張提灯の用意じゃあ〜」

と戦が始まる寸前の陣屋の如き慌しさに変貌した。

——四つ半（午後十一時）真夜中の出陣である。

五

筆頭与力磯貝三郎兵衛を成敗した為、昇進した筆頭与力高杉新左衛門の下知により隊列が整えられた。先頭の北町奉行榊原主計頭忠之は陣羽織、野袴、陣笠姿で右手に長さ二尺の指揮十手を握っての騎馬姿は、威風堂々の出役姿であった。従う二十五名の同心は、黒紋付羽織を端折り、股立ち取った裁着袴に手甲脚絆に草鞋履き、大小と朱房の十手を手挟み、向こう鉢巻もきりりと結び一分の隙もない。

鑓持ち、馬の口取り、足軽中間若党十数名が鉢巻、襷掛け、六尺棒を小脇に抱えて、手に手に灯入れした『御用』の弓張提灯、一丈の長さの高張提灯も五張、

六張、意気軒昂たる如何なる大捕物が始まるのかと思わせる隊列であった。
脇に従う同心轟大介は鎖帷子を着込み、上には小袖に黒紋付、鎖巻きの手甲脚絆に鎖脛当(すねあて)、股引、草鞋履き、額には鉢金入りの白鉢巻、この上ない厳重な拵えでこれならば多勢相手の乱闘にも耐えられる装束であった。

今宵の龍三郎は相も変わらずの薄紫の縮緬の着流しに黒紋付の巻き羽織――奉行所内の支度が整うまでに、伊之助に言い付け、お藤から五つ紋の黒羽織と、神棚に飾った三方の上の朱房の十手を受け取りに行かせた。伊之助は、右手は利かぬが韋駄天ぶりはその名に恥じぬ働きであった。

龍三郎は今宵は隠密ではなく、北町奉行所同心として乗り込む決意なのだ。

――御城の外堀沿いに、半蔵御門から牛込見付方面へ白土塀が連なる旗本屋敷町を、カッカッカッと速歩のひづめの音も高らかに、若党二人が高く掲げる二張の高張提灯を両脇に従え、北町奉行榊原主計頭忠之の騎馬を先頭に、続く五人の与力も騎乗姿だ。ヒタヒタと早足で続く同心二十五名、六尺棒を小脇に抱え墨痕(ぼっこん)鮮やかな〈御用〉の弓張提灯を手に中間、足軽が従い、粛々と寝静まった江戸の町を進む。

目指すは番町黒田屋敷――。

　四半刻後、何処ぞの大大名の江戸藩邸に見紛うばかりの豪壮な屋敷前に到着した。上の息女を大奥へ差し出し、将軍家斉のお手付きとなり、それを善い事に幕閣を裏で操る隠然たる権勢を揮っている黒田壱岐守宏忠。

　高さ一間半の築地塀（ついじべい）をめぐらせた堂々たる門構え——黒田屋敷が闇の中に黒々と威容を誇っている。

　九つ（午前零時）の鐘を聞いた。表門の前に、馬上の榊原忠之奉行、その左右に騎乗の五名の与力、同心二十五名がずらっと居並び、蟻一匹這い出る隙もなく布陣を敷いた。白土塀の上から煌々（こうこう）と輝く高張提灯を掲げ中間たちが立ち並ぶ。

しかし、御定法（ごじょうほう）により、御目付管轄の直参大身の旗本屋敷には町奉行所としては一歩たりとも踏み込めないのだ。榊原忠之、切歯扼腕（せっしやくわん）とはまさにこの事——。

　龍三郎が馬上の忠之を振り仰ぎ、冗談めかして云った。

「御前、子の刻（ねのこく）参上とは、何年か前、御前が取っ捕まえた鼠小僧次郎吉のようで御座いますな。今宵は、山鹿流（やまがりゅう）陣太鼓（じんだいこ）は打ち鳴らせませんが、赤穂浪士の吉良邸討ち入りの如く堂々と表門から打ち込みます。……轟！　用意はいいか？　何だオメエ、震えているじゃねえか」

「ハ、ハイ。これは武者震いです」

轟大介の躰全体がオコリのように小刻みに震えている。決死の斬り込みを前に、気の昂(たか)ぶりを抑えることが出来ないのだろう。

潜り戸を拳でドンドンドンと叩いた。待つ事暫(しば)し。キィーと軋んで潜り戸が開いた。

「この真夜中に何の御用で？」

　額に傷がある小男の中間が顔を覗かせた。

「おう、これはこれは、鳴神の太市さんじゃ御座んせんか。オイラだよ」

「エッ？　どなた様で？　町方(まちかた)のお役人は御門違(おかどちが)いで御座いますが……」

「分っからねえのかよ、ホレ、鴉権兵衛と道山と谷中浄禅寺の賭場で会ったじゃねえか、もう見忘れたか？」

「ゲッ！　あん時の……」

　ブッたまげる太一の眼前に、横から伊之助が顔を突き出した。

「おう、鳴神の太市、韋駄天の伊之助だよ。テメエこんな所に潜り込んでいやがったんだな！」

「畜生(ちくしょう)ッ」

　と唸って、いきなり懐の匕首(あいくち)抜いて突いてきた。

「莫っ迦野郎！」

帯から抜いた手練の十手で横っ面を引っ叩いた。グキッと頬骨の折れる音が響いた。

潜り戸にブチ当たって気絶した太市には目もくれず、傍らの轟大介に、

「見たか、やる時は手加減するな、手心を加えるな、叩っ殺す積もりでな！　俺の傍には居るなよ、オメエが気になって働けねえ。己の身は己で守れ！　冷てえようだが、道場の竹刀稽古とは違う。斬り覚えるんだ、いいな！」

「ハッ、ハイ！」

歯の根も合わぬほどガチガチと音させて震えているが、その眼は据わっていた。

潜り戸を潜りながら、

「おい、伊之、万吉。表門を開けろ」

内側から、表門の太くて長い閂棒を二人して引っこ抜き、ぎぃと蝶番の音させて大きく開門した。

「御前、逃げて来る奴らは一網打尽に引っ括ってください、では。……轟、行くぜ！」

小砂利を蹴散らして玄関式台に駆け上がり、轟と顔見合わせ頷き合い表戸を蹴破った。寝静まったらしい静寂を破ってガラガラバリバリッとけたたましい音が屋敷中に轟いた。

まず不寝番の家臣が二人駆け付け、抜刀し、切っ先を向けた。屋内では、何事だッ、どうした、と喚き騒ぐ声が沸き起こったが、直ぐに、寝巻き姿の家臣たちが、寝ぼけ眼で押っ取り刀で飛び出して来て、それでも抜刀し、二人を取り囲んだ。

「おぅッ！　北町奉行所だ。テメエ達の殿様に御用だ。刃向かう奴は容赦しねえで叩っ斬る。命の惜しい奴は刀を捨てて縛に付けッ。それでも、どんなに悪ィ殿様でも忠義を尽くすと武士道を貫きてえ奴は掛かって来い。俺は斬り捨て御免状を頂いてるんだ。遠慮はしねえぞ！　行くぜッ！」

此方から躍り込んだ。一箇所には留まらない、走りながら一人ずつ、刀を持っている奴を、当たるを幸い片っ端から叩っ斬った。胴田貫〈肥後一文字〉が縦横無尽に斬り、突き、薙ぎ、躍った。刀と腕は一体となって、無我の境地で刃は走った。

たちまち、辺りには阿鼻叫喚の凄絶な修羅場が出現した。鬼神の如き龍三郎が駆け抜けた後には、首を、腹を、手足をぶった斬られた侍たちがゴロゴロ転がった。

死屍累々というやつだ。

「あわわわわっ」

と恐怖に怯えてドドドッと後退りする奴は放っといて、奥の間に駆け込んだ。

先日天井裏から覗いた部屋だ。

白羽二重に袖無し羽織の短軀の禿げ頭、黒田壱岐守と廻船問屋長崎屋徳兵衛、初めて見る総髪の浪人がぬぅ〜と立ち上がった。

「おう、悪党共が雁首並べて勢揃いしてるじゃねえかッ！　命を貰いに来たぜ。覚悟しな！」

「猪口才なッ！　町方同心風情が何をほざくか！　わしは元長崎奉行、黒田壱岐守であるぞ。頭が高い！」

「何を寝言を云ってやがる。見下ろされて悔しいか、背の小っちぇえオメエが悪ィんだよ。おぅッ、さっきの阿片は確かに俺が受け取ったぜ、恐れ入ったか！テメエ達ばかり甘い汁を吸いやがって、江戸庶民には毒を吸わせてやがったな！もう許すわけにはいかねえんだ。ご公儀から腹ぁ切れと言われても、その覚悟も持ち合わせちゃぁいめえ。だから代わりに俺がオメエたちの命を貰いに来た！

斬り捨て御免だァ！」

「ウッフッフッ、おい八丁堀の不浄小役人、これが目に入らないのかい？」

金襴織りの派手々々しい着物を着た白髪頭の長崎屋徳兵衛が手に握るのは南蛮渡りの短銃——火縄ではない、連発銃だ。

用心棒らしいのが、ギラリと大刀を抜き放った。

「チェッ、長崎屋ッ、そんなデケェ物が目ン中に入って堪るかい。オメエの目ん玉にゃあ入るのか？　見せて貰いてえなぁ。おぅッ、抜け荷で仕入れた南蛮渡りの短銃か。当たるかどうか撃ってみなッ」

云い終わるや否や、横っ飛びに廊下に走った。長崎屋の短銃が追い掛けて狙う。龍三郎は脇差の笄の代わりに仕込んだ小柄を抜き、電光石火の早業で投げた。腕を狙おうなどとは思わぬ。急所だ、心の臓だ。狙い違わず、ぶすりと突き刺さった。

ダーン！

凄まじい轟音が響いて弾丸は天上板を貫いた。

胸に突き刺さった小柄を押さえた長崎屋は、苦悶の表情で障子を押し倒し、肉の塊の太った躰が地響き立てて倒れた。

用心棒の浪人者が、雇い主黒田宏忠の前に立ち塞がって大上段に振りかぶった。落ち窪んだ眼が虎視眈々と隙を窺っている。

「オイ用心棒の先生、お仲間の白神陣十郎さんはさっき俺にぶった斬られて、何処ぞの掘割に沈んでるぜ。今度はオメエの番だ。心おきなく、あの世へ行きな」

「おのれ～ッ、ほざいたな、木っ端役人がッ！」

「へん、その木っ端役人に斬られてオッ死ぬのぁ何処のどいつだァ」

「ううむ。云わせておけば……」

「ああ、オイラの口は止まらねえんだ。聴きたくなきゃ聴こえねえようにしてやらぁ」

「うぅむ、喰らえッ」

大上段から振り下ろした刀は、何者も真っ二つにせねばおかぬとの気迫に満ちた凄まじい刃風であった。疾風迅雷とはまさにこの事。肝を冷やす斬り込みであった。

龍三郎は、ここぞ必殺龍飛剣——下段から擦り上げ、上段からの袈裟斬り！

浪人の左頸筋から入った切っ先五寸は斜めに心の臓まで斬り裂き、右脇腹へ抜けた。

　浪人は、斬られたのが己だとは信じられぬといった驚きの表情で噴出する血を浴びながら、己の血溜まりの中に顔面から突っ込んで死んだ。壱岐守に向き直って云った。

「おい、もうオメエを守ってくれる用心棒の先生方は一人もいねえぜ。壱岐守ッ、テメエも皆んなの後を追っ掛けてあの世へ行きな！」

「おのれェッ！」

　壱岐守宏忠が、長押に架けた九尺はあろう長槍を爪先立って摑み取り、螺細の蒔絵細工を施した家紋入りの鞘を振り落として、ビュゥとしごいた。短軀に長槍が似合わない。然し、ピタッと大身槍の一尺の穂先を龍三郎の胸に狙いを付けた。腰が据わった構えで、槍先は微動だにしない。

「この黒田家は槍一筋の家柄でな。ふふふっ」

と、うそぶいた。龍三郎は隙だらけの右地摺り下段――。

「おう、黒田壱岐ッ、その槍持って黒田節でも謡ってみなッ！　手拍子打って見物してやらぁ。よくも私利私欲に凝り固まって私腹を肥やしたもんだな。栄耀栄華も今宵が最後だ！　許すわけにはいかねえんだよォ、ぶった斬るぜ。斬り捨て御免だッ！」

「ほざくなッ、イヤァッ！」

禿げ頭を振り立てて、黒田壱岐守が裂帛の気合で突いてきた。

龍三郎の胴田貫〈肥後一文字〉が一閃して、槍のけら首を断ち切った。

アッ、と穂先が切り飛ばされた自慢の槍を畳に石突き付いて呆然と立ち竦むのも構わず、龍三郎は二尺も飛び上がって真っ向唐竹割り！

我覚えず充満した怒りが籠もった凄まじい斬りざまだった。禿げ頭を一刀両断——胸骨まで斬り下ろしたのだ。

驚いて見開いた眼が、顔面が左右に裂けて二つに分かれていった——。真っ二つだ！

怪物の最期を見届け、振り返れば、轟大介がまだ倒されずに肩で呼吸しながら、二人の侍を相手に渡り合っていた。烈しく斬り結んだ痕が刀身に刻まれていた。

刃は零れ欠け、刀身には血がこびり付き、柄もぐっしょりと血を吸っていた。

（死なせてはならぬ）と駆け付け、声を掛けた。

「轟、よくやった！　手伝おうか？」

「いえ先生ッ、私一人で充分です。そこで見ていて下さいッ」

いつの間にか龍三郎の呼び名が先生に代わっていた。喋る声も息絶え絶えだ。刃筋が立っていなければ、人は斬れない。轟大介の刀は刃こぼれ、刃曲がりで見るも無惨だった。

「痩せ我慢するんじゃねえ。それじゃ人は斬れねえよ」

大介に云い、これもゼエゼエと息の荒い二人の侍の前に進み出て云った。

「おい、オメエ達、主君の為に命を捨てようとの心掛けは立派だが、こんな悪ィ殿様に忠義立てすることぁねえ。もういい加減で刀を捨てな。じゃねえと、俺ぁ斬り捨て御免状を頂いてるんだ。いいのかい、ぶった斬るぜ」

二人は暫く刀を構えたまま、龍三郎を呼吸（いき）も荒く睨んでいたが、握る刀が手から落ちガックリ膝から崩れ落ち、太腿の上で両拳を握って体震わせて嗚咽（おえつ）し始めた。その慟哭は一層高くなる。辺りを憚（はばか）らず大声出して泣いている。彼らの胸中が分かるだけに哀れだった。忠臣ではあるが仕えた殿様が悪かったのだ。

轟がよろめきながらも二人の腕を摑んで立たせ、榊原主計頭の待つ表門まで引き摺って行った。

その轟も鎖帷子を着込んだにも拘わらず、それはズタズタに垂れ下がり、血が滴り落ちていた。この鎖帷子がなければ命を落としていたのは必定だ。

龍三郎はハタと思い出した。座敷牢に幽閉されていた娘の香澄を――。父親の悪行とは関わり無い、阿片中毒になってしまった哀れな娘を――。

奥の間へ取って返し、座敷牢を捜した。襖や障子が破れ壊れて、累々と死骸がころがり、足の踏み場もないほど血が飛び散った惨劇の跡を奥へ奥へと進むと、微かに呻き声と叫び声が聞こえる。掛け行灯のほの暗い灯りに浮かび上がった座敷牢の格子の隙間から、虚空をまさぐる白い二の腕が目に入った。

「ああ〜、おくれ〜、早くおくれよ〜ォ、阿片だよ〜」

この世のものとは思えない悲痛な叫び声であった。龍三郎が錠前を鉄環の鐺で叩き壊し、座敷牢の潜り戸を背を折り曲げて入ると、いきなり香澄にしがみつかれた。

十八歳と聞いていたが、最早、滑らかな柔肌は失われ、くすんだ荒れた肌、その眼は吊り上がり、狂女そのもの――。

悪い父親の下に生まれたせいで、このうら若い生涯を破滅させられようとしている哀れな娘……。

鳩尾に当て身を突き入れ、ぐったりと崩れたのを肩に担ぎ、忌まわしい座敷牢を後にした。町奉行管轄の小石川養生所に隔離して、染み付いた阿片の毒を抜いてもらうのだ。死ぬほど苦しい治療になるであろうが、耐え忍ばせるしかない。

表門で待つ榊原忠之が満面の笑みで迎えてくれた。

「おう、龍三、見事な働きであった。そちに斬り捨て御免状を遣わせて良かったのぅ！　おぅ、それが黒田壱岐の娘か。親と娘は別だからのう。手厚く介抱してくれるよう養生所に依頼しておこう」

同じ歳の妙という娘を持つ父としての偽らざる心境であろう。

江戸の人々を巻き込んだ忌まわしい阿片騒動も、これで一件落着、幕を閉じたのだ——。

六

文月（七月）に入ったにも拘わらず、爽やかな風が吹いて、いつもの如くの峻烈な朝稽古の後の汗を井戸端で拭う龍三郎にお藤が声を掛けた。

「お前さま、朝餉の支度が出来てますよ。伊之さんも一緒にね」

「ホイきた。腹が減ったぜ。伊之は桜湯じゃねえのか？　もう髪結いは辞めりゃぁいいのになぁ。オイラとお藤、二人の髪だけ結ってくれりゃいいんだよ。なぁ？」

先日の黒田壱岐守の阿片抜け荷事件落着後から、隠密廻り同心としての役手当は倍の月二十両に増額された。金は天下の廻り物――あって困るものじゃなし、有り難く頂戴している。世の中に悪がはびこる限り、その悪をぶった斬るのだ。龍三郎は心に誓っている。

「お藤、朝飯を食(しょく)したら。久し振りだ、浅草広小路辺りまで繰り出すかぁ？」

お藤が、今朝は蜊(あさり)の味噌汁をよそいながら嬉しそうに云った。

「あ～ら嬉しいねぇ。猿若町市村座の菊乃丞(きくのじょう)のお芝居でも見せておくれよォ」

「おういいともよ。お藤、オメエもおくれお化けにゃなるなよ」

「嫌だねえ、何の話さぁ。怪談噺(ばなし)かい？　あ、丁度いい、伊之さんも帰って来たよ」

待っていたかのように岡持ち提げて伊之助が飛び込んで来た。

「あっ、旦那、お早う御座い。耳寄りの面白え話を聞いてきやしたぜ。いやこれがね……」

勢い込んで話そうとするのを制して龍三郎が云った。

「ままま、いいから、飯を食いな。話はその後だ……で、どうしたって？」

「旦那ァ、どっちにすりゃいいんですよォ。食っていいんですかい、話が先ですかい？」

「話しながら食え。その代わり飯粒飛ばすなよ。ゆっくり嚙んで、ゆっくり話しな。で、どのくれえ面白え話なんだ、そりゃあ。ええ？」

伊之助が飯を頰張り、味噌汁一口飲み込んで、深刻そうな顔で喋り出した。

「旦那ァ、近ぇ（ちけ）うちに富士のお山が大噴火するそうですぜ」

「何を？　オメエそりゃぁ……ハッハッハッハ、それが耳寄りな面白ぇ話か。伊之、オメエまだ寝惚（ねぼ）けてやがるな、もう目を覚ませ、なぁお藤」

「伊之さん、嫌だよォ、こんな朝っぱらから、ホッホッホッホ」

お藤も同調するのに、尚もかぶせて伊之助が飯粒飛ばして云った。

「いえ、ホントなんで。毎朝風呂に入りに来る五郎兵衛（ごろべえ）って御隠居のご託宣（たくせん）なんで。いえ、この爺さんの云ったことぁみんな当たるんでさぁ、今朝もね……」

まだモグモグと口動かしながら喋り続けようとする伊之助を制して
「莫っ迦野郎、宝永（ほうえい）の大噴火以来、もう百二十年以上もビクともしてねえじゃねえか。そんな滅多（めった）にあっちゃあ堪らねえや。オメエがだまされたんだよ。真面目に聞いたオイラたちが馬鹿を見た、さぁ早ぇとこ、食っちまえ。久し振りに芝居見物にでも出掛けるぞ」

「へ〜い、でもここんとこ、時々ガタピシ揺れるじゃねえですかい。何か悪ぃことが起こる予兆じゃねえんですかい？」

まだ不満そうに頬膨らませる伊之助を放って龍三郎は立ち上がった。

因みに、このあと嘉永七年から安政二年（一八五五）に掛けて、安政の大地震が起きるのだが――。延暦、貞観の大噴火に続く江戸三大地震のひとつが勃発したのだ。五郎兵衛隠居のご託宣は二、三十年早かった……？


久し振りの浅草広小路――人混みの中に龍三郎とお藤と伊之助の三人揃った楽しそうな姿があった。観音様にお参りし、浅草寺境内の縁日で、朝顔やほおずきの鉢、風鈴を買い求め、さあ、奥山辺りの芝居見物でも、と足取りは軽かった。

善良な老若男女が団扇片手に、浴衣姿でそぞろ歩いている。

しかし――何か不吉な予感が――。

（こんな和やかで心静かな時を過ごしていて良いのだろうか）

との思いが辺りの不穏な空気を探っていた。矢張りだ！

突如——屈強な無頼漢が二人現われ、左右からお藤の両腕を引っ摑んで拉致せんと石畳の上を引き摺り出した。

「あぁ、何するんだよ、この人たちはッ」

悲鳴を上げるお藤の手から、買ったばかりの朝顔の鉢と風鈴が零れ落ちた。石畳の上に落ちてカシャンと鉢の割れる音とチリンチリンと風鈴の愛らしい音が重なった。

龍三郎が懐手を解いて左側でお藤を捕まえている無頼漢の肩を摑み、

「何をするッ」

と引き戻そうとした途端——。

龍三郎は伸ばした腕に鋭い痛みを覚えた。鮮血が噴出した。

見れば、左袂が切り裂かれて垂れ下がり、肘から先が斬り飛ばされている。

真っ白の紗の着流しに血が迸り、真っ赤に濡らしていく。

袂と共に左腕を失ったのだ。

油断だった。お藤を救おうとの一点で気はそちらに行っていた。

周囲の参拝の群衆が蜘蛛の子を散らすように、悲鳴を上げてぱあ~と広がった。しかし江戸名物の野次馬は逃げない。怖いもの見たさの好奇心一杯で遠くから眺めている。芝居見物するつもりが、こちらが主役になって見物されている。

龍三郎は無意識に左手で胴田貫の鞘を握り鯉口を切ろうとするが左手が無いから鞘に届かない、抜刀出来ない。

右手で左腰に手挟(たばさ)んだ大刀を、鯉口切りながら鞘ごと帯から引き抜いた。

その鞘を口に咥(くわ)えて抜刀するや、お藤の肩と腕を掴んでいる奴の背中を右手一本で袈裟斬りで叩き斬った。血を噴きながら、お藤を放して、のけ反って斃(たお)れた。

驚いて振り返ったもう一人の右側の奴の、喉を突いた。そいつは、ゲッと後ろにふっ飛んで、両手で喉を押さえ、石畳の上を血を撒き散らしながら転げ回る。

周囲の見物人の輪が、悲鳴を上げて、又、広がった。

解放されたお藤が、お前さんッ、と龍三郎にしがみ付き、噴出する血を掌で塞ごうとでもするように肘の無い腕を押さえた。

盾になってでも龍三郎を庇おうとするそのお藤を血刀握った右腕で押し退け、鞘を口に咥えたまま振り向けば、何と頭テカテカの海坊主の巨体が大刀片手に陰惨な眼付きで睨んでいた。四十に手が届くか、身の丈六尺を超す大男だ。

（確か……鴉権兵衛の弟、薄(うすき)玄次郎とか言った……？）

龍三郎は口に咥えた鞘を吐き出し呻くように云った。

「貴様は権兵衛の弟ッ、廻国修行から帰って来たか」

「ふふふ、何故知ってる。俺ぁ薄玄次郎よ。兄者の遺恨を噛み締めながら、ゆっくりと血を流しながら死ね。あばよ」

悠然と刀を納めながら背を見せ、人混みを散らせて去って行った。

(奴の眼には俺が既に死人と映っている)……死ぬと信じて立ち去ったのだ。

「伊之助ッ、俺の脇差の鞘を抜いて添え木代わりに、腕と一緒に下げ緒でキリキリに縛って、血止めをするんだ」

始めは勢いよく噴出した血も今は、心の臓の鼓動に合わせて零れ落ちる程度だ。きっちり血止めすれば、もうこれ以上血を失うことはないだろう。

お藤が気丈にも垂れ下がる袂を引き千切って、

「伊之さん、早くッ、もっと強くッ」

と添え木代わりの脇差の鞘と、肘から先のない腕を押さえて叱り付ける。

「へ、へえ」

伊之助は真っ青な顔で、汗みどろになりながら悪戦苦闘している。

石畳の上に仰向けに横たわった龍三郎は、真夏の青空にモクモクと広がる入道雲を仰ぎ見ながら溜息混じりに呟いた。

「あぁ～、腕を斬り落とされるってぇのは、痛ぇもんだな。斬られた奴らの気分が今分かったぜ……。畜生ッ、俺はまだ死ねねえ。やることが残っているんだ、なぁ、お藤」

蒼白のお藤と伊之助が懸命に下げ緒で緊縛した。出血は止まった。

七月のお天道様が中天に熱く輝き、浅草寺境内の白っぽい石畳の上に横たわる龍三郎をじりじりと照り付けている。境内の樹木に集まる油蟬のかまびすしい鳴き声――。

参拝の老若男女の群集が遠巻きに囲み、真っ白い紗の着流しを血に染めた龍三郎を恐ろしげに覗きこんでいる。

龍三郎はそのざわめきを遠く聞き、眩しげに目を閉じて深い暗い穴に落ち込んで行った――。「お前さんッ、お前さ～ん」と木霊のように呼ぶ声が遠く聞こえた。

一陣の熱い風が、石畳に落ちた風鈴の短冊を揺らし、チリンチリンと涼しげな音を鳴らした。

あとがき

私の初めての時代小説です。今まで二作品出版致しました。『役者ひとすじ』（我が人生&交遊録）――二〇一四年十月風詠社刊――と『続・役者ひとすじ』（『無法松の一生』三十七年ぶり再演のすべて）――二〇一六年六月風詠社刊――のタイトルで、五十五年に及ぶ私の俳優人生の自伝的ドキュメンタリーでした。

そして今度は小説というフィクションです。少年期より二千冊以上の小説を乱読し、活字人間、読書中毒に罹患しておりました。

「よし今度は俺も小説を手掛けてみよう」とまずは『酔いどれ探偵　倉嶋竜司』『酔いどれ探偵Ⅱ　ウーマンハント』と題した二冊の現代アクション小説を脱稿しました。

しかし、何十年も役者として演じ、携わってきた時代物を書かぬ手はないと変節し、今回の時代小説執筆に取り掛かった次第です。半世紀もの間、撮影所で、劇場の舞台で、テレビスタジオで演じた武士・股旅やくざ・岡っ引き・盗人・商人・職人――とあらゆる種類の人間を役柄に扮して表現してきました。やはり、演じていて武士が好きでした。演り甲斐がありました。

宮本武蔵と三十三間堂で決闘して敗れた京八流吉岡伝七郎、柳生但馬守の三男柳生又十郎宗冬、新撰組局長近藤勇、龍馬と共に京都近江屋で暗殺された中岡慎太郎、その龍馬、清川八郎暗殺の下手人と目される京都見廻り組の与頭佐々木只三郎、吉良邸討ち入りの赤穂浪士近松勘六、その他勤王浪士月形半平太等々、勇名を馳せた剣客を沢山演じてきました。

しかし時代劇は矢張り現代物とは違って、台詞・所作・刀の扱い・立ち回りなど時代物ならではの約束ごとが沢山あります。

何よりも時代物を書く以上は、歴然たる史実を曲げることは出来ません。

調べる事は山とありました。参考文献を紐解き、江戸の古地図を天眼鏡で辿り、インターネットで検索して――八丁堀同心与力たちの成り立ち、俸禄、身なり、朝風呂の様子等々、その他見たこともない阿片――。

そして十一代将軍家斉の時代は？　北町奉行は誰であったか？　江戸町衆の世情は？　など……しかし、あまりに史実に忠実過ぎたら、歴史の教科書のようにお硬くなって興趣を削ぎます。

如何に、事実に虚構を混ぜて捏ね上げるか、これが作者としての腕の見せどころ、工夫次第で作品が面白くもなるし詰まらなくもなる——気を遣ったのはストーリーのテンポの速さ、まだるっこい展開では読者に飽きられてしまう?

それと台詞——武家言葉と町人の喋るべらんめえ言葉のメリハリ、幸いなことに私は何十年も、カメラの前で、舞台上で役者として喋り、表現してきました。他の作家とは違う体験、これを自在に書き綴れることが自分の強みなのだとわが身を鼓舞致しました。

そこにどうフィクションの味を溶け込ませるか?

隠し味は、イアン・フレミングの「007」シリーズ——。

イギリス秘密情報部員ジェームズ・ボンドが所属するMI6から『00課』のみ、殺しのライセンスを与えられたスパイだというエッセンス。

主人公結城龍三郎が北町奉行所の隠密廻り同心でありながら、斬り捨て御免のお墨付きを与えられた侍であること。ボンドのように闘争のプロ、女性にもモテ、正義の為には自らの危険など顧みず命を賭けて猛進する。

剣術の達人——これは想像するより致し方ない。幸いなのは、私の既に他界した父親が、若い時、昭和天皇の前で天覧試合に出場したほどの剣道の達人であったこと。最後は神道無念流七段、田宮流居合い抜刀術九段であった。私は、真剣二振りの遺品を自宅で素振りし、剣道の書籍も何冊も読み漁りました。刀をどう抜いてどう斬るのか、斬られるとどうなるのか……想像力は留まるところを知らず、主人公は勝手に歩き、跳ね、行動するのです。前以ってストーリーの流れを考えたり、どう転がって、結末がどうなるのか、全く考えず、主人公の跳ね躍るがままに指はキーボードを叩きました。

やはり長い役者生活の経験が活きました。この台詞はどんな表情でどんな所作で喋るだろう。この人物はどんなリアクションをするだろう……生き生きとした台詞のやり取りを……、その登場人物を演じる気持で書き綴りました。どの人物も愛情持って書いた積もりです（悪党さえも）。

そして、綴った文章が映像となって浮かび、絵となって見える――そんな小説が書けたら……それが達成できたら……私の本望です。

今は小説を書く事に魅了されております。

役者としては、若い時は、現代アクションも、時代劇の立ち回りも、吹き替えを使わず思う存分演じたものです。どんなに危険でも自分で演じるのが好きだったのです。結果は大怪我を負って、骨折、打撲、切り傷、落馬による頸椎捻挫など数知れず、身体を痛めたその代償は未だに尾を引いております。もはや七十六歳の老優としては、懐かしき若き頃のように身体も動かず、ただ、頭の中の空想の世界でのみ、ブン殴りっこやチャンチャンバラバラと妄想が勝手気侭に駆け巡って抑えが利きません。

残された限りある人生を思い残すことのないよう、書き続けようと心に誓っております。どうぞ、読者の方も自分自身を登場人物に重ねて、演じるつもりで役に成り切ってお読みになったら又、変わった読み方が出来るのではないでしょうか。一度試して御覧下さい。

「龍三郎シリーズ」の次作が出るかどうかは、読者の皆様に掛かっております。

この本が出版出来るのも、最初にこの原稿を読み、惚れ込んで頂いた映画プロデューサー・花房東洋氏が、七十冊以上の本を上梓している作家・山平重樹氏に紹介し繋いで下さり、その山平氏が原稿を売り込んで下さったお陰なのです。そして、「うむ？　これは……」と目を留め、出版の方向に舵を切りアクセルを踏んでくれ手を貸して下さったのが祥伝社文庫の方々でした。貴重な的確なアドバイスを頂き、私の処女作執筆にご協力、ご指導を賜った結果で、出版まで漕ぎ付けることが出来ました。そして、表紙帯の宣伝惹句（じゃっく）を俳優仲間の榎木孝明（えのきたかあき）氏が快く書いて下さり、顔写真入りで協力してくれたのです。この方たちのご協力あってこそ、『斬り捨て御免』が世に誕生したという経緯があるのです。

ただ、感謝感謝です！

ここに心より皆様に御礼申し上げ、あとがきの言葉と致します。

お読み下さって有難う御座いました。

平成三十年初夏

工藤堅太郎　拝

解説――俳優だからこそ描けた、理屈を忘れる時代エンターテインメント

文芸評論家　細谷正充(ほそやまさみつ)

　昔からの映画やドラマ好きならば、書店で本書を見たとき、作者の名前に引っかかりを覚えたことだろう。もしかしたら同名異人？　いやいや、本人で間違いない。そう、一九六〇年代から長きにわたり、俳優として活躍してきた、あの工藤堅太郎が作者なのだ。これだけで本書を読みたくなる人が、一定数、存在するはずだ。

　もちろん若い世代では、作者を知らない人もいるだろう。そこでまず、作者の経歴から述べておきたい。工藤堅太郎は、一九四一年一月二十三日、神奈川県横浜(よこはま)市に生まれる。ただし、実際に生まれたのは、前年の十二月二十三日だ。当時は数え年であり、一ヶ月で一つ歳を取るのは可哀(かわい)そうとのことで、出生届を遅らせたそうである。小学生の頃から小説や映画が好きで、中学生のときに演劇部を創設。中学二年のときに、生まれて初めて演劇（文学座(ぶんがくざ)の『ハムレット』）を観て、俳優になることを決意する。高校を卒業すると俳優座(はいゆうざ)付属俳優養成所の十一期生となり、三年間学ぶ。一九六二年、ＮＨＫのテレビドラマ『にのしまっこ』

に出演し、俳優デビューを果たす。翌六三年には、三隅研次監督の『巨人・大隈重信』で映画にも進出。また、一九六四年には、ＴＢＳのテレビドラマ『夕日と拳銃』の伊達麟之介役で、初の主役を務める。

以後、映画とテレビドラマで活躍。後に三枚目役にも挑戦し、役者の幅を広げた。作品は現代劇から時代劇まで何でもあり。『ミラーマン』の藤本武役で、特撮ファンにもお馴染みである。一九七八年からは商業演劇にも進出。各種劇場で活躍した。俳優業の傍ら、俳優学校や養成所の演技講師として、後進の育成にも尽力している。二〇一四年には自伝『役者ひとすじ 我が人生&交友録』、一六年には半年にわたる芝居の思い出を綴った『続・役者ひとすじ「無法松の一生」三十七年ぶり再演のすべて』を刊行している。

このような長き俳優歴を持つ作者が、初めて時代小説を手掛けた。それが本書『斬り捨て御免 隠密同心・結城龍三郎』だ。主人公の結城龍三郎は、旗本小十人組三百石・結城兵庫之輔の三男だ。飲む、打つ、買う、の三拍子揃った無頼漢だったが、命を助けた北町奉行の榊原忠之に見込まれ、直属の隠密廻り同心をしている。役料の他に、月十両の手当てがあり、さらには斬り捨て御免状まで与えられているのだ。心の底から信頼されているのだ。

とはいえ無頼な魂がなくなったわけではない。今日も今日とて、役目も兼ねて大名の屋敷で開かれている賭場に向かった。そこで見かけたのが、江戸を震撼させている凶賊・鴉権兵衛一味の、土蜘蛛の源造だ。月に一度の割合で豪商に押し込み、家人を惨殺して金を奪う一味は、なぜか黒く禍々しい烏の絵と、不可解な書置きを残していた。残念ながら源造を取り逃がしてしまった龍三郎だが、元巾着切りの韋駄天の伊之助を手先に使いながら、一味を追っていく。

この鴉権兵衛一味の件を中心に、物語は進行する。途中、江戸に蔓延する阿片による悲劇に遭遇したり、悪党の逆恨みによる襲撃を受けたりと、龍三郎の周辺は騒がしい。私生活でも、忠之の娘の妙に好意を寄せられたり、男女の仲になっている料理茶屋の女将・お藤との関係をどうするか悩んだりする。公私ともに大忙しの龍三郎だが、やがて鴉権兵衛一味の件で、意外な事実が判明。そして一味の背後にいる悪党を退治するため、果敢な行動に出るのであった。

本書は、痛快なヒーローが悪を斬る、理屈抜きの時代エンターテインメントだ。町奉行が〝斬り捨て御免状〟を与えるとは、ずいぶん無茶な設定だと思ったが、本書の「あとがき」にある〝隠し味は、イアン・フレミングの「００７」シリーズ――〟を見て納得。要は、ジェームズ・ボンドの殺人許可証である（ついでにいうと、龍三郎を愛する妙やお藤が、ボンド・ガールである）。主人公を大暴れさせる、フィクションならではの仕掛けを、存分に楽しめばいいのだ。

いや、本当にこの作品は、読んでいて楽しい。それは作者自身が、乗りに乗って書いているからだろう。『役者ひとすじ 我が人生＆交友録』の中で、

「とにかく、幼少の頃からの空想癖が高じて、その変身願望は留まるところを知らず、遂にそれが叶えられる役者を職業にしてしまった。小説を読めばその主人公になった自分を空想し、映画を観れば、カッコよく強いヒーローになりきり、肩を揺すって劇場から出て来るのだ。ある時は大金持ちに、ある時はモテモテの二枚目に、又ある時は、悪の限りを尽くす大悪党に！」

といっているが、小説の執筆もそうだ。作者は龍三郎になりきっている。許せない悪党に対して龍三郎が、ベランメエ口調で啖呵を切るところなど、実に気持ちよく書いているのである。弾けるように悪党どもに立ち向かう主人公の活躍が、大きな読みどころになっているのだ。

さらに、激しいチャンバラ・シーンも見逃せない。自伝によれば作者の父親の

工藤敬忠は、神道無念流と田宮流居合道の使い手で、二十四歳のときに昭和天皇の天覧試合に出場したそうだ。また叔父の義四郎は、小笠原流弓道の達人だという。そのような兵法者の血を引く作者が、数々の時代劇に出演することで、魅せるチャンバラを身につけた。それが小説に生かされている。

「龍三郎は右足から踏み込んでそいつの左肩から袈裟懸けに斬り下げた。切っ先五寸が鎖骨を断ち切り、斜めに心の臓まで断ち割った。次に投げる手裏剣を右手に握って頭上に振り被ったまま、己の胸からほとばしるドス赤い血に驚いた表情で、のけ反ってぶっ斃れた」
「断たれた首が一間ほど宙空を飛び、血が噴き上がった。男は、ヨロヨロと首のないまま二足、三足歩いて崩れ落ちた。左から突っ込んだ奴は左首筋から斜めに断ち割られ、両手が前をまさぐりながら龍三郎の足元に斃れた」

ふたつばかりチャンバラ・シーンを引用したが、これだけで龍三郎の果断な剣と、凄絶な描写が理解できよう。薩摩示現流や中条流など、敵の剣も多彩だ。そんな相手をバッタバッタと斬り伏せる。神道無念流免許皆伝で、秘剣〈龍飛剣〉を使う龍三郎の雄姿を、堪能してしまうのだ。

ところで『役者ひとすじ 我が人生&交友録』の「あとがき」で作者は、

「しかし生きているというのはイイ事だ。面白いものだ。炎がチロチロと風前の灯火になるまでに、何をしなければならないのか、何をやっておくべきなのか、生きた証を残すべく力を尽くすのだ」

と記している。本書の「あとがき」を見ると、シリーズ化に意欲を燃やしており、これからも生きた証を残す気マンマンのようだ。だから本書は、老木の花なんかじゃない。今が盛りの工藤堅太郎が、新たな世界に踏み出した記念すべき作品なのだ。ここから始まり、どこまで行くのか。素晴らしき時代小説家の誕生を喜び、さらなる飛躍に期待しているのである。

斬り捨て御免

一〇〇字書評

切・り・取・り・線

購買動機（新聞、雑誌名を記入するか、あるいは○をつけてください）

□（　　　　　　　　　　　　　　　）の広告を見て
□（　　　　　　　　　　　　　　　）の書評を見て
□ 知人のすすめで　　　　　　□ タイトルに惹かれて
□ カバーが良かったから　　　□ 内容が面白そうだから
□ 好きな作家だから　　　　　□ 好きな分野の本だから

・最近、最も感銘を受けた作品名をお書き下さい

・あなたのお好きな作家名をお書き下さい

・その他、ご要望がありましたらお書き下さい

住所	〒				
氏名		職業		年齢	
Eメール	※携帯には配信できません	新刊情報等のメール配信を 希望する・しない			

この本の感想を、編集部までお寄せいただけたらありがたく存じます。今後の企画の参考にさせていただきます。Eメールでも結構です。

いただいた「一〇〇字書評」は、新聞・雑誌等に紹介させていただくことがあります。その場合はお礼として特製図書カードを差し上げます。

前ページの原稿用紙に書評をお書きの上、切り取り、左記までお送り下さい。宛先の住所は不要です。

なお、ご記入いただいたお名前、ご住所等は、書評紹介の事前了解、謝礼のお届けのためだけに利用し、そのほかの目的のために利用することはありません。

〒一〇一－八七〇一
祥伝社文庫編集長　坂口芳和
電話　〇三（三二六五）二〇八〇

祥伝社ホームページの「ブックレビュー」からも、書き込めます。

http://www.shodensha.co.jp/bookreview/

祥伝社文庫

斬(き)り捨(す)て御免(ごめん)　隠密同心(おんみつどうしん)・結城龍三郎(ゆうきりゅうざぶろう)

平成30年6月20日　初版第1刷発行
平成30年7月20日　　　第2刷発行

著　者　工藤堅太郎(くどうけんたろう)
発行者　辻　浩明
発行所　祥伝社(しょうでんしゃ)
東京都千代田区神田神保町3-3
〒101-8701
電話　03（3265）2081（販売部）
電話　03（3265）2080（編集部）
電話　03（3265）3622（業務部）
http://www.shodensha.co.jp/

印刷所　堀内印刷
製本所　ナショナル製本
カバーフォーマットデザイン　中原達治

Printed in Japan ©2018, Kentaro Kudo　ISBN978-4-396-34434-4 C0193